아흔 살 봉 여사는 오늘도 출근합니다

구십도
괜찮아

김유경 지음

남해의봄날

시작에 부쳐

90년, 100년을 산다는 것이 이제 그다지 낯설지 않은 시대가 되었습니다. 그러나 그 일상과 정서를 구체적으로 그려 낸 세계는 드물지요. 노년의 삶이란 다 뻔하다는 생각 때문일지도 모릅니다. 이미 진짜 삶은 다 끝났고, 소멸로 막을 내릴 일만 남은 회색 지대라고 말이죠.

우리 사회는 여전히 삶을 거창한 절정을 성취하는 드라마로 바라보는 시각이 많습니다. 그런 사회 분위기에서 노년은 어떻게 소비되고 있나요. 요즘 미디어에는 온통 젊은 몸에 대한 숭배가 넘쳐납니다. 설령 노년이 있더라도 '방부제 미모'라는 해괴한 말장난으로 '젊어 보이는' 것을 찬양하기 일색이지요. 어쩌면 노년은 그 시간을 충실히 살아 낸 삶의 결과로서 존중 받지 못하고 오로지 제거해야 할 '비정상'으로만 여겨지고 있는 건 아닐까요?

저 역시 구십의 노년은 상상으로만 겨우 가늠해 보는 영역이었습니다. 의식과 욕망은 그대로인데 몸의 한계에 갇히는 삶. 때로 의식마저도 다 허물어져 그저 죽음만 남은 삶. 그런 상황에서 하루하루를 산다면 과연 어떤 의미를 찾을 수 있을까?

구십의 봉 여사를 지켜보면서 비로소 어렴풋이나마 알 수 있었습니다. 삶은 목숨이 끊어지는 순간까지 나날이 지속되는, 즉 일상의 힘으로 지탱된다는 것을요. 드라마틱한 사건이라고는 티끌만큼도 일어나지 않는, 날마다 그날이 그날 같은 일상의 연속. 그 무심하고 사소한 일상을 봉 여사는 진심을 다해 살아갑니다. 어쩌면 삶은 그 이상도 이하도 아닐지 모릅니다.

삶이 단순한 일상으로 구축되는 건 노년의 일만이 아니지요. 어느 나이든 다 마찬가지입니다. 특별한 뭔가를 쫓아가는 것 같지만 실제로 우리 삶은 매일 반복되는 일상이 쌓여 이뤄집니다. 그 힘으로 우리는 손에 잡히지 않는 백일몽을 쫓아다닐 수도 있는 것이고요. 너무 사소해서 잊고 있다가 잃어버린 뒤에야 비로소 그 소중함을 안다는 일상, 바로 그 일상이 삶이 아닐는지요. 그 시간을 얻으려고 우리는 오늘도 삶의 현장에서 애쓰고 있는 것이고요.

인간은 시간이 빚어내는 존재입니다. 유한함이 인생을 완결 짓지요. 그러니 그 시간성을 고스란히 받아들일 때

우리는 삶의 의미를 물을 수도, 찾을 수도 있지 않나 싶습니다. 그런 점에서 보자면 인생의 어느 한 시기만 편애해선 곤란합니다. 온 일생을 고스란히 자기 것으로, 각 시기를 고루 다 공평하고 소중하게 대해야 할 것입니다.

여기 적은 글의 장르를 뭐라 해야 좋을지 모르겠습니다. 이 이야기는 구십 세 봉 여사가 실제 겪은 일을 재구성한 것입니다. 너무나 사소하고 별일 아닌 일들로만 채워진 구십 세의 일상이지요.

그걸 지켜보는 게 어떤 의미가 있을까요? 혹시 당신이 젊음에만 열광하고 있다면, 왜 사는가 묻지 않고 성취에 맹목적으로 온몸을 내던지는, 그래서 더 공허감에 몸서리치고 있다면, 봉 여사의 일상을 들여다보면서 각자 구십의 노년을 미리 경험해 보라 제안하고 싶습니다. 그 나이에도 여전히 자기 안에서 계속될 이야기와 열정이 무엇일지 헤아려 보길, 그리하여 나이와 무관하게 현재 당신의 일상과 삶에 얼마나 진심인지 되묻는 시간이길 바랍니다.

오일장

떳다방

아들네집
가는길

경로당

봉여사네
아파
트

미용실 마트

슈퍼

은행

단골
병원들

차례

설레는
월요일

설레는 아침

봉 여사, 이불 속에서 온힘을 다해 두 다리를 끌어당겨 봅니다. 끙!

그러나 돌덩이처럼 무겁기만 할 뿐, 당최 꿈쩍하지 않아요.

'에고, 일어나기 싫네.'

몸이 인절미 늘어지듯 이부자리에 좌악 달라붙어 버리네요. 눈꺼풀이 곰실곰실.

'지금 눈 붙이면 한숨 푹 잘 수 있을 것 같은데······.'

그러다 두 눈을 번쩍!

'안 되지, 안 돼!'

끙차 소리를 내며 몸을 벌떡 일으켜 봅니다. 하지만 그 속도는 태엽 풀린 오르골이 돌아가듯 마냥 느릿하기만 하네요. 침대 아래로 두 발을 내려놓자 자는 동안 흩어졌던 뼈마디가 우두둑 맞춰지는 것 같습니다.

'월요일이야!'

순간, 전원이 켜진 듯 머릿속에 할 일 목록이 촤르르르.

오늘은 출근하는 날. 겉옷을 대강 꿰어 입고 이부자리를 정리하는 손길이 바빠집니다.

"지각을 할 순 없지!"

다짐하듯 혼잣말을 하며 거실로 나갑니다. 거실 창 커튼을 젖히자 초록이 한가득 밀려드네요.

"아이고, 예쁜 것들. 잘 잤냐?"

알록달록 꽃을 피운 화분들이 베란다에 가득. 꽃마다 두루두루 눈인사를 하지요.

'꽃만 보면 왜 이리 좋은가. 꼭 내 마음이 꽃인 것 같네.'

물뿌리개를 들어 고루고루 뿌려 줍니다. 그러다 허리를 숙여 화분 하나에 오래 눈길을 주는데요. 푸른 잎사귀 사이로 손톱만 한 꽃망울들이 조롱조롱. 봉 여사 얼굴이 단번에 환해지네요.

"오호, 오늘은 꽃이 피겠구먼."

바깥 창을 활짝 열고 숨을 깊게 들이마셔 봅니다. 아침 공기가 몸속 깊숙이 밀려 들어와 상쾌합니다.

"아이고, 날도 좋다!"

이번엔 청소기를 꺼내 들고 조심조심. 살살 움직이는데도 20년 넘은 청소기라 소리가 요란하군요. 행여 이웃이 시끄럽다 할까 봐 여간 신경 쓰이는 게 아니에요.

'괜찮아, 월요일 아침인데 뭐.'

내친김에 밀대로 구석구석 물걸레질까지.

청소를 마친 집안을 스윽 둘러봅니다. 숨은 차지만 깔끔해진 걸 보니 한결 마음이 개운합니다.

때마침 창밖에 쏟아져 내리는 아침 햇살. 하루에 대한 설렘이 아흔 살 봉 여사 가슴에 봉긋 솟아납니다.

끼니 약

'뭘 먹어 본다?'

청소를 끝낸 봉 여사가 냉장고를 열어 봅니다. 아침을 먹고 싶은 마음도 없는데, 먹을 것마저 마땅치 않네요.

'에고, 귀찮아. 요즘 사람들은 다들 아침 안 먹고 출근한다는데. 저 놈의 약 때문에 안 먹을 수도 없고.'

식탁 위에 수북이 쌓인 약봉지에 눈이 갑니다. 석 달치 혈압 약 더미와 다른 약봉지가 몇 개 더. 아무리 입맛이 없어도 약을 먹으려면 아침은 꼭 챙겨 먹어야 하니 여간 귀찮은 게 아니에요.

'이거야 원, 끼니를 먹는 건지, 약을 먹는 건지.'

냄비 뚜껑을 열어 봅니다. 먹다 남은 된장국이 조금 있네요. 밥 한 주걱을 남은 된장국 냄비에 넣고 끓입니다. 그러자 죽도 숭늉도 아닌 얄궂은 것이 만들어지는데요.

봉 여사, 가스대 앞에 선 채 급하게 몇 술 떠먹습니다. 그것도 뜨거운 것이라고 이마에 땀이 송골송골.

"자, 아침을 먹었으니 이제 약을 먹어 볼까?"

먼저 혈압 약, 10년째 먹고 있는 약이지요. 봉지를 뜯어 손 위에 쏟아붓는데요. 주황색 한 알, 흰색 두 알, 파랑과 흰색이 반반인 캡슐이 한 알. 그것들을 한꺼번에 입 안에 털어 넣고는 물과 함께 꿀꺽.

"약은 다 독성이 있어요. 덜 먹을수록 좋은 거예요."

문득 떠오른 아들의 잔소리.

'쳇, 아직 젊어서 모르는 소리. 못 견디니까 약을 먹지.'

다른 봉지에서도 약을 꺼내 포장을 뜯습니다. 다리 아픈 데 먹는 약. 이 약도 먹은 지 족히 서너 해는 된 것 같네요. 그걸 단숨에 삼키고 물 한 모금 꿀꺽.

아들은 집에 올 때마다 새로 지어 온 약봉지를 검사합니다.

"어머니, 여기도, 여기도, 세 군데 다 위장약이 들어 있잖아요. 세 배를 먹는 거라고요! 약 많이 먹으면 간에 안 좋아요!"

'무슨 소리! 나처럼 약 안 먹는 사람도 없어. 암! 남들은 매일 한 줌씩 먹어 대는데.'

또 다른 봉지의 약도 꺼냅니다. 목이 컬컬해서 잠깐씩 지어 먹는 감기약. 다시 꿀꺽. 또다시 잔소리가 떠오르자 살짝 불안해집니다.

'정말 간이 안 좋아지려나?'

걱정이 올라오자 얼른 욕실로 달려가 세차게 양치질을 합니다. 그러자 세면대 하수구로 물이 빠져나가듯 걱정도 뽀그르르 같이 사라지지요.

하루 치 약을 다 털어 넣었으니 밥을 먹은 것보다 더 든든해진 봉 여사. 오늘 살아갈 힘을 얻은 듯 불끈 힘이 샘솟습니다.

'괜찮아. 아무렴 의사가 어련히 알아서 줬을라고.'

출근 준비

"언제 이렇게 폭삭 늙어 버린 거야, 언제!"

거울 속 자신에게 따지듯 말을 거는 봉 여사. 매일 화장대 앞에만 서면 심난해지는데요.

'쯧, 내가 젊을 땐 곱다는 소리깨나 들었는데.'

지금도 봉 여사를 보면 한마디씩 보태는 사람들이 종종 있지요.

"아이고, 참 곱게 늙으셨네."

"젊을 때 한 인물 하셨겠어."

그런 말을 들을 때마다 절로 어깨가 으쓱. 그런데 거울 앞에선 한숨만 나옵니다. 어딜 봐서 곱다는 건지, 진짜 고왔던 옛날 그 얼굴은 다 어디로 가 버린 건지.

"휴, 완전 쭈그렁바가지가 되고 말았구먼. 그래도 바르면 좀 낫겠지?"

주름진 얼굴에 로션을 바르며 고개를 내젓습니다.

톡톡 분을 두드리니 검버섯이 가려져 낯빛이 환해지네요. 바르르 떨리는 손으로 립스틱까지 바르고 나니 한결 나아 보입니다.

흡족해진 봉 여사, 옷장 앞으로 갑니다. 한참 옷을 뒤적여 보지만 적당한 게 눈에 띄지 않아요.

'조금이라도 젊어 보일 옷이 없나?'

경로당 벗들은 봉 여사보다 거의 열 살이나 아래라 은근 신경이 쓰일 수밖에요. 반짝이 장식이 달린 연보라색 셔츠를 꺼내 들고 몸 앞에 대봅니다.

'화사하니 좋네.'

옷까지 갖춰 입었으니 이제 마지막 단장만 남았네요. 사실 출근할 때마다 화장이나 옷보다 더 신경 쓰이는 게 바로 냄새. 나이 들면 누구나 늙은이 냄새가 난다니 늘 노심초사하지요.

가끔씩 아들이나 며느리에게 물어보는데요.

"나한테서도 냄새나냐?"

그때마다 아니라고 손사래를 치는 자식들.

'뭔 냄새인지 맡아 보지도 않고……'

그러니 그 대답을 곧이곧대로 믿기 어렵습니다. 얼굴이야 화장품 찍어 바르면 괜찮고, 입성도 신경 쓰면 덜 추레해 보일 테지만 냄새, 이건 도무지 어찌해야 할지 난감합니다. 경로당에 나오는 다른 노인들에게서 퀴퀴한 냄새가 나는 걸 자주 맡아 보았기 때문이지요. 그러니 자신도 그럴까 봐 여간 불안한 게 아닙니다.

'노인네들이 안 씻어서 그래.'

늘 결론은 하나. 그래서 자주, 또 열심히 씻는데요. 목욕도 수시로 하고, 매일 갈아입는 속옷도 찜찜하면 하루에 몇 번씩 갈아입으며 유난을 떨어 봅니다. 빨래할 때마다 세탁기에 향 좋은 유연제도 듬뿍듬뿍 넣고 말이지요.

'괜찮아, 이거 한 방울이면.'

비장의 무기, 화장대 위에 놓인 향수병을 들어 몸 여기저기 칙칙칙 뿌려 봅니다.

어디선가 꽃바람이 일렁일렁 불어오네요.

출근길

등에 가방을 바짝 올려 멘 봉 여사, 지팡이를 짚고 출근길에 나섭니다. 검버섯을 가리느라 목에 두른 스카프가 바람에 나풀나풀. 목적지는 단지 안에 있는 경로당입니다. 엘리베이터를 타고 내려가 아파트 현관을 나서면 앞에 보이는 건물이지요.

아흔 살의 봉 여사가 하는 일은 경로당 회원들의 간식 도우미예요. 경로당에선 간식 대신 요기가 될 만한 간단한 요리를 해서 같이 먹습니다. 그 준비를 맡은 사람에게 수고비가 나오는데 취직 열정이 남다른 봉 여사가 그걸 놓칠 리 없지요. 덕분에 경로당에서 최고령인데도 부회장 정 씨를 도와 일을 해 온 지 두 해째.

요리 보조라지만 누구보다 일을 잘 해내고픈 마음에 열심인 봉 여사. 허리를 곧추세우고 꼿꼿이 걸어 봅니다. 그러면 왠지 없던 힘도 생기는 듯하지요.

'걸음이 반듯해야 덜 늙는 법이야, 암.'

건물로 들어서자 마침 노인회장 강 씨가 경로당 문을

열다가 알은체합니다.

"어이구, 벌써 오셨어요?"

"아, 예예. 맡은 일이 있으니까요."

이 순간이 봉 여사는 좋습니다. 같이 일하는 부회장 정씨보다 열 살이나 많지만 자신이 끄떡없이 잘하고 있다는 걸 보여 줄 수 있으니까요.

강 회장은 젊은 사람들 다 제쳐 두고 자신에게 이 일을 맡겨 줬어요. 회장은 아주 오래전에 봉 여사가 살던 동네에서 목재상을 했던 인연으로 봉 여사를 잘 챙겨 주는데요. 그 고마움에 늘 일찍 출근하고, 뭐든 열심히 하는 인상을 주려고 합니다.

'나이 든 사람에게 일 시켜서 이러니저러니 하는 말이 나돌면 안 되지. 아무렴.'

그런 소리가 회장 귀에 들어가게 할 수는 없다고 다시 한 번 단단히 결심합니다.

봉 여사는 경로당 주방 안으로 들어서면 우선 손을 깨끗하게 씻습니다. 전기밥솥을 꺼내 쌀을 씻어 불려 놓는 게 첫 번째 업무. 밥이야 밥솥 버튼만 누르면 되는데 어찌 된 일인지 다른 사람이 하면 밥이 질거나 설거나 늘 탈이 납니다. 누구든 먼저 나온 사람이 쌀을 불려 둬야 하는데

양이 많은 밥은 물 맞추기가 어렵다고 서로 미루다 보니 봉 여사가 아예 도맡게 됐지요.

'평생 밥해 먹고 살았으면서 이것 하나 못 맞추나?'

밥물을 맞춰 밥솥에 안쳐 놓고는 냉장고 문을 엽니다. 어제 갈무리해 둔 음식 재료들이 보이는데요. 부회장이 오기 전에 요리하기 좋게 작업대에 꺼내 가지런히 늘어놓습니다. 그리고 적당한 솥이며 프라이팬도 꺼내 놓고요.

'괜찮지, 이만하면?'

완벽하게 준비한 것 같아 만족스런 마음에 주변을 스윽 돌아봅니다.

'혼자 방에 있는 것보단 이렇게 나와 일할 수 있으니 좋지 뭐야. 사람 구경도 하고, 돈 몇 푼이라도 벌어 사탕 값이라도 하고 말이야.'

함께하니 식구

오늘 메뉴는 김치찌개에 생오이무침. 찌개가 바글바글 끓고 있는 솥 위로 김이 무럭무럭 피어오릅니다. 다들 이가 부실하니 뭐든 푹 익혀야 하지요.

"아이고야, 냄새가 좋네."

"오늘은 뭐요?"

음식 냄새 가득한 주방 가까이 사람들이 모여들어 북적북적. 덩달아 들뜨는 봉 여사, 방금 버무린 오이무침을 접시마다 나눠 담는 손길이 바빠집니다. 평소엔 재료를 다듬거나 써는 걸 거들 뿐, 요리는 거의 부회장 정 씨 몫인데요. 오늘은 준비부터 양념하고 무치는 것까지 다 했으니 순전히 자기 손맛이라 내세울 만하지요.

'맛이 어떻다 할까나?'

정 씨 음식은 다른 고장 방식이라 양념이 과해서 봉 여사 입에 맞지 않습니다.

'짜고 달게 먹으면 안 좋다는데 소금이고 설탕을 아주 바가지로 넣는다니까.'

하지만 큰 식당을 여러 해 운영했다는 정 씨에게 감히 의견을 내놓지도 못하고 속으로만 삼키지요. 그러다 정 씨 음식이 많이 남으면 은근히 통쾌해 하는데요.

'암, 내 입맛이 틀린 게 아니지.'

그런데 경로당 사람들은 좀체 음식을 남기는 법이 없어요. 정 씨가 뭘 어떻게 해 놔도 그저 맛있다, 맛있다 그러니 봉 여사가 소심한 승리를 맛볼 기회도 거의 없답니다.

스무 명쯤 되는 사람이 달려드니 점심상이 금세 차려집니다. 봉 여사도 자리로 가 털썩 주저앉는데요.

'아이고, 다리야. 아주 나무통이 되어 버렸네.'

두어 시간 동안 서 있었더니 다리가 뻣뻣합니다. 내내 음식 냄새를 맡아서인지 입맛도 싹 달아나 버렸고요.

다른 이들은 허겁지겁 맛나게 먹는 것 같습니다. 경로당 안에 달그락 소리, 음식 쩝쩝대는 소리가 가득. 잔칫집마냥 활기가 도네요.

'매일 만나 같은 밥 나눠 먹고 사니 식구가 따로 없구먼. 늙어서 이리 대식구가 생길 줄은 몰랐네.'

봉 여사는 먹는 것도 잊고 숟가락을 쥔 채 다른 이들이 먹는 모습만 둘러봅니다.

'어째 오이무침은 잘들 먹나?'

고봉으로 담아 간 밥을 먹느라 바쁜 영감에, 그 옆에서 남편 반찬 챙겨 주느라 열심인 할멈이 눈에 들어옵니다.

'참 보기도 좋네. 밖에 나와서까지 저리 오순도순하니.'

젊어서부터 내내 혼자였던 봉 여사는 서로 의지하는 부부만큼 부러운 게 또 없지요.

벌써 식사를 끝냈는지 뒤로 내쳐 앉은 이도 보입니다. 밥을 반이나 남겼네요. 그걸 본 봉 여사, 살짝 입술을 삐죽입니다.

'뭔 욕심이래. 남길 걸 왜 저렇게 많이 가져갔대.'

그때 늘 입담 좋은 윤 씨 영감, 번들거리는 입가를 닦으며 한마디 하는데요.

"이야, 얼큰하니 맛있네. 역시 우리 부회장님 솜씨가 좋으셔!"

그러자 여기저기서 거드는 소리가 이어지는데, 그중에서도 봉 여사 귀에 들어와 박히는 소리.

"근데 이 오이무침은 더 절여야 부드러운데."

봉 여사, 가슴이 뜨끔.

"싱싱한 맛으로 먹는 거지 너무 절이면 맛없어요."

부회장 정 씨가 나서 받습니다.

"그래도 씹기 힘든 사람 생각해서 부드럽게 만드는 게

낫지.”

“아따, 맛만 좋구먼. 뭔 음식 타박이요!”

주거니 받거니 하는 사이에 밥그릇도 국그릇도 모두 비어 갑니다. 하지만 이미 뜨거워진 봉 여사 마음은 좀체 식을 줄 모르네요.

자랑과 질투 사이

　영감들은 벌써 다 사라지고 할멈들 몇 명만 경로당에 남았습니다.

　'경로당에 밥 먹으러 오나, 원! 둘러앉아 도란도란 말도 하고, 바둑도 두고, 노래방 기계가 있으니 소리도 한 가락 뽑으면 좀 좋아?'

　봉 여사, 밥을 먹자마자 부리나케 사라지는 영감들이 한심해 보이는데요.

　'우리 경로당엔 놀 줄 아는 이가 없어, 통나무 같은 인사들만 가득하지 뭐야.'

　끌끌 혀를 차며 젊은 할멈들 곁에 앉아 잘 안 들리는 귀를 열어 봅니다. 알은체 잘하는 총무 윤 씨가 빨갛게 칠한 입술로 쉴 새 없이 떠들고 있군요.

　"어제도 손자가 전화를 했잖아."

　부회장 정 씨와 단짝인데다 노인회 총무라 자주 어울리는 윤 씨. 늘 차림새도 번듯하고 화장도 곱게 해서 나이보다 훨씬 젊어 보입니다.

'또 시작일세. 입만 열었다 하면 그놈의 자랑질. 밉상이야, 밉상.'

봉 여사, 꼭 다문 입술이 일그러집니다.

'이럴 땐 귀가 잘 안 들리는 것도 좋아. 그저 술술 흘려 버리면 되니.'

빈말이라도 늘 거드는 단짝 정 씨가 맞장구를 칩니다.

"어휴, 좋겠어. 딸이 잘하는데 손자까지 잘하니."

그 말에 신나서 손까지 휘휘 젓는 윤 씨, 목소리가 커지는데요. 그 바람에 봉 여사 귀에도 윤 씨의 자랑이 들어와 꽂힙니다.

"나도 할 만큼 해 줬어. 그러니까 다 할머니 덕이라고 그렇게 고맙다고 난리지. 전화도 매일 하고."

"그런 것 모르는 놈도 많아. 나도 손자고 손녀고 똥 기저귀 갈아 가며 다 키웠어. 근데 걔네들은 그런 것 몰라."

다른 할멈이 거드는 말에 윤 씨는 더 신바람이 납니다.

"그런가? 하긴 걔가 유독 날 좋아하긴 했어. 할머니 덕에 좋은 대학 들어갔다면서. 그 대학이 일본에서 제일 좋은 대학이거든. 우리나라 서울대학 같은 곳이야."

"우리 손자들도 공부는 잘했어. 장학금 받고 다녔는걸. 회사도 척척 들어가고."

한번 시작하면 꼬리에 꼬리를 물며 끝도 없는 자랑, 자랑, 자랑.

'난 뭘 말한다?'

다들 하는데 봉 여사도 한 자락 하고 싶어 이리저리 머리를 굴려 보는데요. 하지만 먼저 나온 자랑을 능가할 만한 것이 떠오르지 않네요. 한 방에 끝낼 좋은 게 없나, 조급해지려는 찰나.

"우리 애들도 매일 전화해."

갑자기 터져 나온 소리에 모두 봉 여사 쪽으로 고개를 돌립니다. 이때다 싶어 한마디 더.

"얼마나 착한지 아침저녁으로 전화해서 잘 계시냐, 몸은 괜찮냐 묻고 걱정해. 손자들도 착하고."

"아이고, 언니. 일본에서 전화하는 거랑은 다르지. 국제전화비가 얼마나 비싼데. 손자가 매일 전화해서 갖고 싶은 건 없냐, 먹고 싶은 건 없냐, 말만 하면 다 사 준다 그런다니까!"

"그 비싼 국제전화비 내면서, 대단하긴 하다."

누군가 장단을 맞춰 주니 금세 눈길은 다시 윤 씨에게로 돌아가 버리네요.

봉 여사, 자신이 푸시시 바람 빠진 풍선 같습니다.

'에고, 거짓말! 전화비가 얼마나 비싼데 매일 하겠어. 진 짜면 할 일도 참 없는 놈이지.'

병원 순례

경로당을 나온 봉 여사, 집으로 곧장 가려다 살짝 망설입니다.

'몸이 무지근하네. 물리 치료나 받고 갈까?'

길 건너 새로 연 병원으로 가려다 발길을 멈춥니다.

'지금 가면 많이 기다릴 텐데.'

아침 일찍부터 사람들이 줄을 서는 정형외과라 너무 오래 걸릴 것 같은 거지요.

'한의원에서 침을 맞을까?'

고민하다 결국 예전 단골 의원으로 향하네요. 의원은 오래된 건물 2층에 있어 계단 오르기가 조금 번거로운데요. 그래서 경로당 벗들은 새 병원으로 죄다 옮겼지요. 봉 여사도 시간 여유가 있을 땐 그곳으로 갑니다. 단골 의원 엔 몸이 찌뿌둥할 때 물리 치료 받으러 들르는 정도일 뿐.

안으로 들어서자 모든 게 새로 문 연 병원보다 낡고 후줄근해 보입니다. 덩달아 실력도 낡아 보여 봉 여사는 살짝 못미더운데요.

'기계도 사람도 다 오래된 것뿐이구먼.'

"오랜만에 오셨네요, 어르신!"

눈에 익은 간호사가 활짝 웃으며 맞아 주네요. 자신을 반기는 환한 표정에 금세 마음이 푸근해집니다.

'하긴, 여기가 마음은 훨씬 편하지.'

새 병원 의사는 서울에서 유명한 대학을 나와 실력 있다고 소문이 자자한데요. 진찰 뒤에 마음 편하게 얘기 나눌 수 없는 게 영 불만입니다.

'실력만 있으면 뭐 해. 의사가 아픈 사람 말을 잘 들어 줘야지.'

그곳 젊은 의사는 컴퓨터만 보며 몇 마디 하는 게 다인데 도통 알아들을 수가 없습니다. 의사를 만나면 아픈 곳도, 궁금한 것도 산더미인 봉 여사로서는 여간 답답한 게 아니에요.

"월요일이라 뻐근해서 오셨구나!"

간호사가 다가와 다정하게 팔을 부축하고 물리 치료실 안으로 이끕니다. 다른 한 손으론 봉 여사 등을 감싸 안는데요. 그 살가움에 온몸으로 따뜻한 기운이 퍼져 갑니다. 마음이 스르르 풀리면서 치료 받은 것 없이도 아픈 게 다 나은 듯해요.

'오래 묵어야 진국인 것도 있지, 암.'

물리 치료실 침상으로 올라가는데 옆 침상에서 귀에 익은 목소리가 들리네요.

"형님도 왔네. 올 줄 알았으면 같이 올걸."

같은 경로당에 다니는 박 씨.

'젊은 게 매일 병원 출근이로구만. 그 나이면 난 팡팡 날아다니겠네.'

박 씨는 입만 열면 나이 들면 일찍 죽어야지 하는 소리를 달고 삽니다. 그런데도 뭐가 몸에 좋다, 어느 병원이 잘한다, 그런 타령이 끝도 없지요. 봉 여사는 자신보다 열 살도 더 어린 박 씨가 그러는 게 엄살처럼 보일 뿐이에요.

'늙으면 죽어야 한다지만 조금만 아파도 병원부터 찾아 더 살려고 발버둥 치니, 그게 사람 본능인가 보네.'

침상에 올라 눕는데 박 씨가 호들갑스럽게 떠들어 댑니다.

"사거리 마트 옆 새로 지어진 건물 있잖아요. 거기 안과 생겼대."

"안과? 어휴, 좋네. 안과가 없었잖아, 우리 동네에."

봉 여사, 반색하면서 속으로 생각합니다.

'피부과도 생기면 좋겠다. 며느리 차를 얻어 타지 않고

도 다닐 수 있게.'

"층마다 다른 의원들도 들어올 거래요. 일 층엔 큰 약국도 생겼어."

"무릎 아픈 데 보는 병원도 생기면 좋을 텐데. 요 아래 새 병원은 너무 몰리잖아."

"동네에 노인들 많아서 정형외과도 들어올걸, 아마. 물리 치료실도 생기고."

"그러겠지?"

옆에 서 있는 물리 치료사도 잊은 채 봉 여사, 두 눈이 반짝반짝 빛납니다.

건강 염려증

"어머니, 잊지 않으셨죠? 내일 건강 검진 가는 거."

"어…… 그럼, 그럼. 알고 있다."

대답은 그리 했지만 솔직히 며느리 전화를 받고서야 생각납니다.

"그럼 저녁을 먹지 말아야 하냐?"

"아니요, 저녁 드시고 9시부터만 아무것도 안 드시면 돼요."

"그래, 알았다. 알았어."

"참, 지난번에 제가 드린 채변봉투 있죠? 혹시 일 볼 수 있으면 준비하시고요."

"똥 담아 두라고?"

"네. 대장 검사에 필요해요. 안 되면 나중에 보내도 되고요."

"오냐, 알았다."

전화를 끊은 봉 여사, 마음에 기대감이 반짝 켜지네요. 내일이 병원 건강 검진이라니, 평소와 달리 특별한 날이

될 것 같은 거지요.

병원 갈 거라 내일은 늦게 출근한다고 부회장에게 연락하고 나서 본격 작업에 돌입. 서둘러 저녁을 먹고 난 뒤 벌컥벌컥 물 한 잔을 다 비웁니다. 그러면 아무래도 신호가 더 빨리 오지 않을까 싶은 거지요. 이번엔 어떻게든 채변봉투를 준비할 생각입니다. 아니면 작년처럼 그걸 나중에 며느리가 배달해야 하니까요.

'안 될 일이야. 벌써부터 며느리에게 똥 심부름을 시킬 순 없지. 내 기어코!'

연이어 물 한 컵을 더 들이키고는 온 신경을 배에 모아 보는데 아직은 잠잠하니 기별이 전혀 없네요.

텔레비전에 눈을 주면서도 마음은 온통 내일 있을 검사에 가 있습니다. 건강하다고 자신하다가도 막상 병원에 가려면 혹시나 하는 불안이 밀려들곤 하지요.

'큰 병이 발견되면 어쩌지?'

문득 지난번 병원에서 보았던 자신의 폐 사진이 떠오릅니다. 사진 가운데 점점이 박힌 흰 점들이 무척 신경 쓰여 의사에게 직접 물었더랬지요.

"저건 뭐요, 의사 선생? 무슨 병균이 박힌 거요?"

젊은 의사는 느닷없는 질문에 잠시 놀란 듯하더니 콧

바람을 힝 터트리고는 대수롭지 않게 대답했어요.

"이건 병균이 아니고 혈관이에요. 단면으로 나와서 그렇게 보일 뿐이고요."

더 묻고 싶어 몸이 앞으로 기우는데 옆에 있던 며느리가 다급히 붙잡았어요.

"어머니, 바람 든 무를 이렇게 썰면 구멍이 숭숭해서 무늬처럼 보이잖아요. 혈관이 그렇게 보이는 것뿐이래요."

의사가 봉 여사에게 몸을 기울여 또박또박 외칩니다.

"할머니! 폐는 깨끗합니다! 아주 튼튼해요! 백 살까지도 거뜬히 사시겠어요!"

"아이고, 백 살은 무슨. 호호호."

의사의 백 살 보증에 아주 기분 좋게 끝났던 진찰이 이제 와 다시 걱정이 됩니다.

'의사가 잘못 본 거면? 무슨 암세포 같은 거면? 그게 더 커졌으면 어쩌지?'

걱정이 단번에 파도처럼 들이닥쳐 봉 여사를 삼켜 버립니다.

'괜찮으려나, 내 몸?'

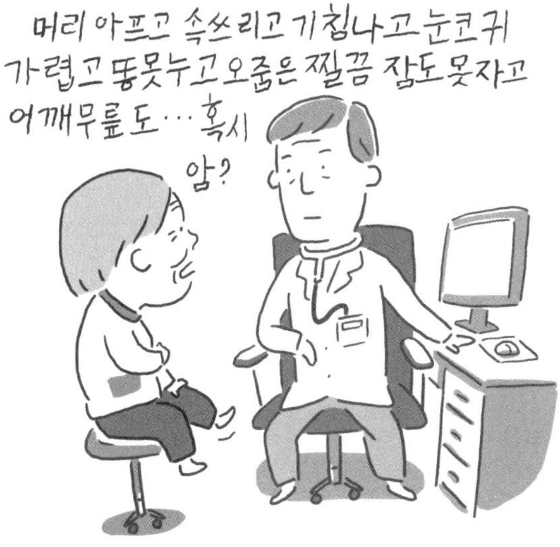
머리 아프고 속쓰리고 기침나고 눈코귀
가렵고 똥못누고 오줌은 찔끔 잠도 못자고
어깨무릎도… 혹시
암?

날마다 일기

　잠자리에 들기 전 책상으로 쓰는 조그만 상을 펴고 앉는 봉 여사. 이제 하루를 마무리하는 시간입니다. 일기장을 펼치는데요.

　"가만있자, 오늘이 며칠이더라?"

　막상 일기장에 날짜를 쓰려니 가물가물. 앞 장을 슬쩍 걷어 보고서야 생각납니다.

　"하이고야, 4월하고도 스무 날이라니. 4월도 벌써 다 지나갔네."

　특별한 일이 없어도 빼먹지 않고 꼬박꼬박 쓰는 일기. 날짜를 잊지 않으려는 나름의 노력이에요.

　"오늘 경로당에서는……."

　습관처럼 입으로 소리를 내며 한 글자씩 꾹꾹 눌러 씁니다. 그런데 딱 거기까지일 뿐, 딱히 쓸 거리가 떠오르지 않아요.

　"에라, 모르겠다. 그냥 있던 거 쓰자."

　마음을 그렇게 먹으니 그 뒤로는 술술 이어지네요.

"김치찌개와 오이무침 해서 먹었다. 영감들은 찌개가 맛있다고 한 그릇씩 더 퍼먹었다. 난 맵고 짜서 먹는 둥 마는 둥. 오이무침에만 밥을 조금 먹었다. 그리고 다 치우고 조금 놀다가 병원 들러 치료 받고 집에 왔다."

입 밖으로 소리 내며 쓰다 보니 어느새 끝.

"하이고, 이제 숙제 끝이다!"

그제야 비로소 하루 일을 말끔히 마친 것 같아 만족스러워진 봉 여사, 두툼한 일기장을 탁 소리 나게 덮고 일어섭니다.

"옛날에 이렇게 공부했으면 박사 됐겠네."

봉 여사는 학교를 못 다닌 게 평생 한입니다. 글은 겨우 뗐지만 정식으로 배운 게 아니니 늘 부끄러웠지요. 학교 다니는 오빠 어깨너머 혼자 익혀 대강 짐작으로 쓰다 보니 글자 쓰는 게 영 자신 없었거든요.

"형님, 나랑 같이 야간 학교 안 다녀 볼라우?"

일흔을 넘겼을 때 유혹은 그렇게 시작됐어요.

"어이구, 망령 들었다 할라. 이제 곧 저승 갈 나이에 학교는 무슨!"

펄쩍 뛰면서도 마음 한구석에서 학교에 대한 오랜 미련이 슬그머니 고개를 들었지요.

"나이가 무슨 상관이래. 형님 또래도 많아요. 늦어서 하니 오히려 다들 얼마나 악착같이 공부하는지 몰라. 검정고시도 보고, 중학교, 고등학교, 아니 대학교까지 가는 사람도 있다니까!"

그 말에 혹해서 봉 여사도 따라나섰습니다. 늙은이가 왔다고 놀릴까 봐 부끄러워 고개도 못 들었는데 웬걸, 나이가 더 많거나 반대로 아주 젊은 사람들도 있는 거예요.

'아이고야, 요즘 세상에도 학교 못 간 젊은이들이 다 있다니.'

덕분에 쑥스러움 따위는 금세 잊었어요. 그보다 배움으로 신세계를 만나는 즐거움이 컸지요. 까맣던 장막이 걷히고 환하게 세상이 열리는 것 같았으니까요. 글자 공부에 맛을 들이자 산수, 사회, 자연, 배우는 것마다 얼마나 흥미롭던지.

'이 좋은 걸 이제야 배우다니.'

신나서 날마다 뛰듯 날듯 학교를 다녔답니다. 그 기쁨을 잊지 않으려고 손녀가 쓰다 만 공책에 한 줄씩 적기 시작한 일기가 지금까지도 이어지고 있지요.

"하하! 시작이 매일 똑같네. '오늘 경로당에서는', '오늘 경로당에서는' 여기 또!"

아들은 일기장을 볼 때마다 팔랑팔랑 공책을 넘기며 깔깔깔 웃어 대곤 합니다.

"경로당에서 밥해 먹고 놀고, 매일 그랬으니까 그렇게 쓰지!"

빈정대는 것 같아 슬쩍 마음이 상할 때도 있지만 안 보여 줄 수도 없는 일. 날짜를 놓쳐 잘못 쓸 때가 있는데 아들네가 왔을 때 바로잡아야 하니까요.

가끔은 일기를 읽던 아들에게서 "이야, 이건 시네. 시예요! 멋지다!" 하고 칭찬받는 재미도 있긴 합니다. 어쩌면 그런 칭찬이 듣고 싶어 귀찮은 줄 모르고 날마다 일기를 쓰는지도 모를 일이에요.

'받침이 많이 틀렸을까? 뭐 어때, 치매 예방인걸.'

밤 친구

출근했던 날이라 고단해서 일찍 잠자리에 든 봉 여사. 방 안 가득 울리는 초침 소리에 눈이 점점 말똥말똥. 가만히 누워 있자니 온갖 상념들이 떠오릅니다. 그걸 떨쳐 내려 몸부림칠수록 잠은 더 멀리 달아나고 마는데요.

"아이고. 안 되겠다. 텔레비라도 봐야지."

결국 일어나 불을 켜 보니 아직 10시 50분.

'참말로 밤이 길기도 하지. 늙는 건 순식간이더니 밤 시간은 왜 이리 안 가는 건지. 거참, 모를 일이네.'

거실로 나가 텔레비전을 켭니다. 재미있는 걸 기대한 건 아니지만 채널을 아무리 돌려 봐도 마땅히 눈에 들어오는 게 없네요.

'죄다 뭘 판다고 저런대? 이 오밤중에 누가 산다고.'

다른 방송은 젊은 연예인들이 나와 웃고 떠드는데 하나도 귀에 들어오지 않습니다. 가는귀가 먹은지라 볼륨을 제일 크게 높여야 들리는데 낮이라면 모를까, 남들 다자는 한밤중에 그럴 수는 없는 일. 소리 없이 화면만 쳐다

봅니다.

"볼 게 없고만. 뭔 내용인지 모르니 드라마도 재미없고."

옛날엔 드라마도 얼마나 재미있던가요. 저녁마다 이웃끼리 한 집에 모여 앉아 정신 쏙 빼놓고 보았는데요.

'그 배우들은 다 어디로 갔을까? 영원히 안 늙을 것만 같더니만.'

문득 아는 배우 얼굴 하나가 또렷이 떠오릅니다. 저절로 툭 튀어나오던 이름이었는데 지금은 까맣기만 하군요.

다음은 외국 영화, 이건 더 소용없습니다. 자막이 나오지만 하도 빨리 지나가 버려 읽을 엄두가 안 나거든요.

'다리만 안 다쳤으면 영어도 배웠을걸.'

야간 학교에 더 못 다닌 게 두고두고 아쉬운 봉 여사.

'검정고시 시험도 두 번이나 봤는데. 국어랑 도덕은 합격도 했는데 아깝지 뭐야.'

영어를 막 배울 무렵 학교 가는 길에 작은 교통사고를 당했습니다. 보름쯤 입원했다가 퇴원 뒤에는 물리 치료 받고, 이어 백내장 수술까지 받다 보니 학교를 꽤 오래 쉬게 됐어요. 한동안 공부를 쉬었더니 몸이 예전 같지 않은데다 의욕까지 줄어들어 다시 시작하기가 어려웠답니다. 그러다 아들네 가까이 이사까지 하게 되면서 학교와 영영 멀어지고 말았지요.

'그때 알파벳 대문자는 다 뗐는데. 이젠 다 잊어버렸네. 하이, 헬로우, 굿모닝.'

기억나는 영어 몇 마디를 되뇌어 보는 것으로 아쉬움을 달래 봅니다.

채널을 바꾸다 이번에는 스포츠 채널. 외국 선수들이 골프를 치고 있네요.

'오메야, 재미나겠다.'

너른 들판을 마음껏 걸어 다니며 공놀이하는 게 한없이 부러워집니다.

다음 채널은 당구. 파란 사각형 판 위에서 공이 굴러가다 벽을 치고 저들끼리 부딪치며 구멍으로 하나둘 쏙쏙. 그걸 보자 놀란 입을 다물지 못합니다.

'신기방기일세. 제 맘대로 굴러가는 공으로 어떻게 저걸 맞출 수 있는 거야?'

리모컨 버튼을 한 번 더 누르니 이번엔 건장한 격투기 선수 둘이 링에서 맞붙고 있네요.

'오!'

봉 여사 취향 저격. 두 선수는 발로 차고 주먹질을 해대며 진짜로 싸웁니다. 힘이 펄펄 넘치는 젊은이들을 보면 자신도 힘이 불끈 솟구치듯 흥분됩니다.

"그렇지!"

잽싸게 날린 주먹에 그대로 쓰러진 상대 선수, 꼼짝 못하고 늘어져 버리네요. 서 있는 선수는 두 팔을 번쩍 들고 기뻐합니다. 봉 여사, 마치 자신이 이긴 것처럼 짜릿짜릿합니다.

다음은 다시 광고. 소리 없는 화면을 물끄러미 보고 있자니 금세 흥미가 떨어져 눈이 감겨 옵니다. 이제 잠들 수도 있을 것 같네요. 잠이 달아나기 전에 전원 버튼을 누르고 얼른 침대로 들어갑니다.

'늙은이한텐 텔레비가 참 좋은 친구지. 벗도 되어 주고, 잠도 재워 주고.'

아직은
화요일

시장에가
면콩나물도
왔고♪

건강 검진

"그거 챙겼다."

차에 오르자마자 봉 여사, 며느리에게 말합니다.

"네? 아, 채변봉투요."

잘했다고 한마디쯤 할 줄 알았더니 그저 덤덤히 돌아오는 대답에 봉 여사, 김이 좀 빠집니다.

"가는 길에 주고 와야지. 안 그럼 네가 고생하잖냐."

널 생각해서 애썼다고 더 말하고 싶지만 뒷말은 꿀꺽 삼킵니다.

"네. 잘됐네요."

"혹시나 해서 꽁꽁 싸서 냉장고에 보관했는데."

"뭘 그렇게까지, 그냥도 괜찮은데요."

그게 끝.

'애가 착하기는 한데 사근사근한 맛이 없어, 원.'

쩝, 아쉬움을 달려려고 차창 밖으로 고개를 돌립니다. 쌩쌩 지나가는 풍경에 금세 마음을 빼앗겨 속이 뻥 뚫리는 듯합니다.

'조금만 젊었어도 차 운전을 배워 보는 건데.'

문득 옛날에 타던 자전거가 떠오릅니다. 자가용이나 다름없던 기특한 녀석이었지요. 10년 전까지만 해도 운동이건 시장이건 그것 하나면 충분, 어디고 자신만만 다 누비고 다녔는데요. 어느 날 참기름을 싣고 오다 왕창 깨 먹는 바람에 자신을 잃었는데 나중엔 다리까지 다치면서 영영 이별하고야 말았지요.

'휴.'

아쉬움에 한숨이 절로 나옵니다. 이젠 늦어 버린 일이 너무 많은 것만 같거든요. 오늘 가는 건강 검진도 마음으론 얼마든지 혼자 갈 수 있을 것 같은데 말이에요.

'바쁜 며느리를 대동해 가야 하다니. 어린애마냥 민망시리, 원.'

그러나 막상 가 보면 늘 어리둥절하기 일쑤입니다. 간호사들은 늙은 자신은 아예 상대하려 들지 않고 무엇이든 "보호자 분!"만 외치지요. 그 옆에서 꾸어다 놓은 보릿자루마냥 앉아 있으면 자신이 얼마나 초라해지는지.

드디어 시작된 검사. 온갖 낯선 기계들에 정신이 팔린 봉 여사, 시간 가는 줄 모릅니다. 그중 제일 기대되는 건 위내시경 검사.

"무슨 위내시경을 매번 받으려고 하세요? 관 삼키는 거성가시고 힘들잖아요!"

검진 때마다 아들이 말려 보지만 봉 여사는 아랑곳 않습니다. 관을 꿀꺽꿀꺽 삼키면서도 힘들다는 생각보다 위장 속을 들여다보고 싶은 호기심이 더 바짝 일거든요.

"다음은 유방 검사입니다."

이번엔 웃통을 벗고 커다란 기계 앞에 섭니다. 쭈그렁 주머니 같은 봉 여사의 젖가슴을 어린 간호사가 이리저리 그러모아 쥐고는 기계의 판 위에 올려놓습니다. 그러자 위에서 기계가 내려와 유방을 호떡처럼 납작하게 누르기 시작해요. 하도 신기해 쳐다보는데 간호사가 말합니다.

"할머니, 아파도 조금만 참으세요."

이게 아픈 건가 싶어 눈을 위로 뜨고 끔벅. 그 사이 육중한 기계가 올라가면서 젖가슴이 풀려납니다.

"할머니, 부인과 검사도 받으시게요?"

다음 검사를 받으러 가니 간호사가 눈을 동그랗게 뜨고 봉 여사에게 직접 묻

네요.

"왜 그러우?"

그때 며느리가 나섭니다.

"어머니가 해당되는 검사는 다 받으신대요."

왜 묻는 건가 싶어 며느리를 쳐다보니.

"검사대에 올라가서 눕는 게 불편하실까 봐 그런대요."

"그까짓 것! 애도 낳았는데!"

봉 여사, 씩씩하게 검사실로 들어갑니다.

검사를 모두 마치니 반나절이 뚝딱.

'벌써 끝이라고? 검사에 정신 팔리니 그냥 시간 가는 줄 몰랐네. 젊은이들 놀이동산 가서 종일 노는 게 이런 기분일까?'

너무 일찍 끝나 버린 것 같아 살짝 아쉽습니다.

'이리 팔팔하니 괜찮겠지, 내 몸?'

젊은 것들이!

"자, 할머니 손뼉 치면서 외치셔야죠! 시장에 가면!"

강사의 목소리가 경로당 안에 쩌렁쩌렁 울립니다. 조그만 몸 어디서 저런 강단 있는 소리가 나오는 건지, 봉 여사는 그 활력이 한없이 부러워요.

"시장…… 시장에……."

박 영감은 손만 휘휘 저을 뿐 말은 이어 가지 못하네요. 봉 여사, 그 모습에 한숨이 절로 납니다. 하마터면 박 영감 대신 답을 크게 외칠 뻔했을 정도예요.

'어휴, 답답해. 시장에 사과도 있고 배추도 있고 콩나물도 있고 많기만 하고만.'

"다시 시작합니다! 시장에 가면! 떠오른 걸 그냥 말하세요!"

강사가 짝짝 박수 소리에 맞춰 소리치며 맞은편 노인에게 눈짓합니다.

"시장에 가면 고등어도 있고."

"시, 시, 시장에 가면 갈치도 있고."

다음 봉 여사 차례. 아까부터 별러 왔던 대로 크게 외칩니다.

"시장에 가면! 소라도 있고!"

얼마나 어렵게 돌아온 차례인데 한 가지만 말하고 지나가려니 좀 아쉬운데요.

'다음엔 뭘 말하지? 할 게 너무 많은데.'

다시 돌아올 차례를 헤아리며 목으로 까딱까딱 박자를 맞추고 있는데 이런, 같은 자리에서 또 끊기고 마네요. 봉 여사, 고개를 절레절레.

'나보다 한창 어리구만 저렇게 총기가 없어서야, 원!'

"자, 어머니, 아버지! 이제 다음 게임으로 넘어갑니다!"

아쉬움을 느낄 새도 없이 다른 게임이란 말에 다시 반짝 눈빛이 살아납니다.

"이렇게 외치며 박자 맞춰 다음 사람을 가리키는 겁니다! '내 마음을 네게 주마!' 받고, 다시 외치고 주세요!"

강사는 양손을 가슴에 모았다가 봉 여사를 향해 펼치며 소리칩니다. 갑자기 자기 차례라니 깜짝 놀란 봉 여사, 당황해서 엉거주춤.

"어르신, 저처럼 동작하면서 마음을 주고 싶은 분께 전하세요! 내 마음을 네게 주마!"

봉 여사, 정신을 재빨리 수습해 봅니다.

"내, 내 마음을 네게 주마."

조금 더듬거렸지만 두 팔을 앞으로 뻗으니 자연스레 맞은편 회장을 향합니다. 얄궂은 느낌에 조금 쑥스럽기도 한데요.

"내 마음을 네게 주마!"

강 회장이 바로 받아 부회장 정 씨에게 전합니다. 이번 게임은 말할 걸 미리 생각하지 않아도 되니 다들 제법 잘 이어가네요. 그런데 게임이 계속 끊기던 박 영감 차례가 되니 이번에도 손만 허공을 휘젓다 맙니다.

다른 게임으로 바꿔서 이어 가도 몇 번이나 같은 자리에서 끊어지길 되풀이하다 그대로 게임 끝. 봉 여사는 잔뜩 기대했던 게임이 너무 일찍 끝나 섭섭하기만 합니다.

'에고, 젊은 것들이 왜 저리 정신이 없어!'

일하는 보람

경로당을 나선 봉 여사, 물리 치료를 받고 내친김에 길 건너 은행까지 들릅니다.

'지난달 월급이 들어왔을 텐데……'

옛날엔 돈을 직접 세 보는 게 맛이었지만 요즘엔 봉 여사도 통장에 찍힌 걸 봐야 안심을 하지요. 거기 찍힌 숫자로 액수를 가늠해 보는 것도 나름 재미있고요.

통장을 창구 직원에게 내밀자 기계에 넣고 찌르륵찌르륵 숫자를 찍어 주는데요. 그 소리가 다 돈 들어왔다는 소리 같아 흐뭇해집니다.

"할머니, 노인 수당도 들어오고, 장수 수당도 새로 들어왔네요."

직원이 서글서글하게 말하며 통장을 돌려줍니다. 통장을 받아들고 들여다보는데 도통 알 수가 없어요. 그렇다고 그러려니 넘길 수 없는 봉 여사, 다시 직원에게 통장을 내미는데요.

"안경을 놓고 와서 그러는데 지난달 월급도 잘 들어온

거지요?"

"월급이요?"

직원은 동그래진 눈으로 봉 여사를 쳐다봅니다. 다시 컴퓨터 화면을 보더니 묻습니다.

"월급인지는 모르겠지만 이거 말씀하시는 건가요? 노인회 3월 지급, 이거요?"

"아, 그렇게 써져 있어요?"

"네, 매달 그렇게 들어왔네요. 27만 원, 이거요."

"아, 맞아요. 그거 월급."

봉 여사, 월급이란 소리에 좀 더 힘을 줍니다.

"우와, 어르신! 그 연세에도 일하시는 거예요? 대단하시네요!"

느닷없이 커지는 직원 목소리. 그 바람에 모든 눈길이 봉 여사를 향하는 것 같아요. 왠지 뿌듯해져서 한마디 보탭니다.

"사람이면 저승 가기 전까지 제 밥벌이는 해야 하지 않겠소?"

"그런 생각이야 하지만 진짜 그렇게 사는 분은 별로 없는데. 와, 어르신 존경스럽습니다!"

직원에게 한 말은 빈말이 아닙니다. 평생 봉 여사가 가슴 깊이 품고 살아온 생각이에요. 일찍 세상 뜬 어머니를 대신해 살림을 꾸릴 때부터 이 나이까지 한시도 밥벌이를 놓아 본 적이 없습니다. 이제 아흔으로 접어들었지만 아직도 일을 놓고 싶진 않고요.

"어머니, 나이가 구십인데 무슨 일을 해요!"

"아니, 할 수 있는데 안 하는 게 부끄러운 거지. 일하는 게 부끄러운 거냐?"

"더 젊은 노인 분들이 어려워해요. 민폐라고요!"

"다른 사람들 눈치를 왜 보냐! 나이 들어도 열심이라고 오히려 칭찬이 늘어지는데."

아들이 아무리 펄펄 뛰며 말려도 소용없었지요.

직원이 갑자기 벌떡 일어나 넙죽 허리를 숙입니다. 느닷없는 상황에 쑥스러우면서도 은근 자랑스러워집니다.

"어르신, 파이팅입니다!"

'자네도!'

봉 여사는 수줍게 웃으며 직원에게 살짝 주먹을 들어 보입니다.

소동

"내 돈 어디 갔어!"

은행 안을 울리는 난데없는 외침. 봉 여사, 깜짝 놀라 소리 나는 곳으로 고개를 돌립니다.

"돈이 안 나오잖아! 내 돈이!"

여든은 족히 넘은 듯한 노인이 은행 출입구에 있는 기계 앞에서 펄펄 뛰고 있네요. 어찌나 고함을 지르는지 모든 시선이 그쪽을 향합니다.

"왜 그러세요? 손님."

직원이 달려가 진정시켜 보려는데.

"돈이 나와야 하는데 안 나오잖아!"

더 크게 호통을 치는 노인.

"제가 한번 확인해 드릴게요."

직원이 통장을 받아 살피더니 도로 내밀며 부드럽게 말합니다.

"이거 잔고가 없어서 그래요, 어르신."

"아니, 내가 안 찾았는데 왜 없냐고, 내 돈이!"

"여기 보세요. 3일에 인출됐잖아요."

"난 안 찾았다니까! 당신들 기계가 잘못된 거 아냐!"

이제 노인은 누구 말도 안 듣겠다는 듯 고래고래 악을 쓰는군요. 직원 몇이 더 모여들어 확인해 보자고 달래며 안쪽으로 데려갑니다.

'대체 뭘까? 은행 기계가 잘못된 건가? 혹시 내 돈도 그럴까?'

갑자기 불안해지는 봉 여사.

"저 영감님 아무래도 치매신가 보다. 돈 찾아 놓고 깜빡하셨나 봐."

옆에 있는 사람 말을 들으니 덜컥 겁이 납니다.

'치매 걸리면 남이 내 돈 빼 가는 것도 모르려나? 흠, 무섭네.'

봉 여사, 손을 등으로 돌려 가방을 만져 봅니다. 방금 그 안에 통장을 집어넣었거든요.

"보이스피싱, 그런 거 아냐? 노인네들 전화 오면 홀랑 주민번호 다 가르쳐 주잖아. 사기 당한 것일 수도 있어."

"하긴, 요즘 노인네들이 순진해서 많이 당하긴 하지."

손님들이 쑥덕거리는 걸 듣고 있자니 소름이 오소소.

'정말 몹쓸 세상이라니까.'

쓴 약을 삼킨 듯 봉 여사, 얼굴을 찌푸립니다.

'옛날엔 밥 먹기 힘들어도 서로 의지해 살았는데. 어째 요즘은 풍족한데도 더 몹쓸 사람들이 되나 몰라. 게다가 세상 편해지니 사기꾼들 기술까지 좋아져서는.'

얼굴 한 번 본 적 없는 사기꾼들이 어떻게 남의 통장에 돈이 있는 줄 알고 그걸 빼 간다는 건지 도무지 알쏭달쏭 합니다.

"노인들이 순진해서 그래."

옆 사람 말이 꼭 봉 여사 들으라는 것 같아 찜찜합니다.

'늙은이를 위해 주지는 못할망정 속이려고만 들다니.'

괘씸한 생각에 봉 여사, 아랫입술을 꽉 다뭅니다.

'그렇게 살아 보라지. 지들은 안 늙는가.'

자신은 야무지게 굴어서 절대 호락호락 속지 않으리라 마음먹습니다.

'암, 내가 누군가.'

보이스피싱?

집에 돌아오자마자 통장을 어디에 간수할지 한참 고민합니다.

"어디가 좋을까?"

은행에서 본 일 때문에 더 잘 숨겨야겠다는 마음만 앞서는데요. 한참 여기저기 기웃대다 손 닿기 어려운 곳을 찾아 통장을 깊숙이 밀어 넣고서야 마음이 놓입니다.

'근데 여기 둔 걸 까먹으면 어떡하지?'

잘 둔다고 해 놓고 거길 또 잊는 바람에 자꾸 소동이 일었거든요.

'아들한테 전화로 말해 둘까? 아니다, 전화로 돈도 빼가는 놈들인데 듣기라도 하면?'

얼마 전에도 아들에게 전화해서 통장을 도둑맞았다고 법석을 떤 적이 있습니다. 나중에 찾고선 얼마나 민망하던지. 이젠 뭐가 없어졌다고 전화해도 아들은 전혀 놀라지 않는 눈치예요.

그때 띠리링 전화 소리가 울립니다. 휴대폰을 들어보니 화면에 아는 사람 이름이 나오질 않네요.

'누구지?'

전화를 받자마자 참새 지저귀듯 쏟아지는 여자 목소리. 하도 빨라 무슨 말인지 당최 알아들을 수가 없어요. 반응이 없자 전화 속 여자가 잠시 말을 멈추더니 부릅니다.

"여보세요? 고객님?"

"어디요? 누구시우?"

"아, 고객님, 여기는⋯⋯."

아까보다는 덜 빠르지만 봉 여사 귀에는 폭포수처럼 말이 계속 쏟아지는 것만 같지요. 그저 몇 마디 들리는 건 '혜택'이니 '서비스', '감사 세일'에 '무료'라는 말뿐.

"그러니까 뭘 주겠다는 거요?"

"네. 고객님 휴대폰을 훨씬 저렴한 요금제로 바꿔 드리는 거예요."

"엥? 휴대폰?"

"네. 별도 추가 요금 없이 기존 번호 그대로 유지하면서⋯⋯."

또 수화기 너머에서 가팔라지는 여자의 말소리.

봉 여사, 잠시 휴대폰을 귀에서 떼고 정신을 수습해 보는데요. 그때 퍼뜩 떠오르는 아들의 당부.

"어머니, 절대 공짜로 준다는 전화는 받지 마세요, 절대! 절대로요! 주민번호나 주소 같은 걸 전화로 얘기해 주면 절대 안 돼요! 절대!"

지난번에 휴대폰을 공짜로 바꿔 준다는 전화를 받고 뭣도 모르고 허락을 했을 때 아들이 얼마나 난리 법석을 떨었던지.

'아, 그때 휴대폰을 새로 바꿨는데? 왜 또 바꿔 준다는 거지?'

순간, 정신이 번쩍 듭니다.

'이게 전화로 사기 친다는 그 뭐시냐, 보, 보이스피싱?'

"고객님?"

'어쩐다지?'

손이 덜덜덜. 겨우 목소리를 쥐어짜 봅니다.

"나, 필요 없어요! 다 있어요! 다 있어!"

휴대폰 뚜껑을 딸깍 닫고는 가슴을 쓸어내리는데.

'괜찮아! 아무것도 말하지 않았어! 아무것도!'

아직도 가슴은 벌렁벌렁.

밥 대신

아침부터 건강 검진에 은행 일까지 봐서 보통 때보다 더 피곤한 봉 여사.

'얼른 저녁 먹고 일찍 쉬어야지.'

냉장고를 열지만 부러 밥을 차려 먹고 싶은 의욕은 없습니다. 그때 눈에 들어온 게 달걀과 냉동실 송편 몇 개.

'이거라도 쪄서 먹으면 한 끼 되겠네.'

너무 허전할까 봐 달걀 삶는 냄비에 고구마 반쪽도 함께 넣었어요. 그 위에 찜기를 얹고 송편 다섯 개도 올려놓고요. 제사 끝내고 며느리가 갖다 놓은 송편. 모양만 봐도 손이 투박한 며느리 솜씨네요.

'그래도 제사에 직접 송편 만들어 올리는 집이 요즘 어디 있어.'

며느리에게 떡 만드는 걸 가르치길 잘했다 싶어집니다.

"쌀 물에 담가 둔 것 방앗간 갖고 가서 쌀가루로 빻아 오거라. 오래 걸린다고 먼저 오지 말고 꼭 지키고 섰다가 찾아오고. 주인이 기다리는 거랑 아닌 거랑 차이가 많다."

봉 여사, 며느리를 처음 맞을 땐 의욕이 넘쳤습니다. 살면서 얻은 살림 지혜는 뭐든 다 알려 주고 싶었거든요. 자신은 늘 곁에 의지할 어른이 없어 혼자 헤쳐 나가는 게 고단했으니까요. 하지만 요즘 사람들은 다른 모양입니다.

'다들 많이 배워서 그런가, 나이 든 사람 말은 귀담아 듣질 않아.'

먼저 삶을 겪어 온 어른을 찾기보다 뭐든지 컴퓨터한테 물어본다니. 자신이 평생을 살면서 온몸으로 배우고 익힌 건 아무짝에도 소용이 없는 것 같아 쓸쓸해질 때가 있지요.

'그래도 매번 송편을 만들어 올리니 기특하지 뭐야. 배운 건 어디 안 가지.'

쟁반에 잘 쪄진 송편에 고구마, 달걀까지 담아냅니다.

'이왕이면 다홍치마라고.'

구색을 갖춰 사과도 한 개 깎아 옆에 놓는데요.

쟁반을 들고 소파로 가 텔레비전을 마주하고 앉습니다. 따뜻하고 말랑한 송편 먼저 집는데요. 화면에 정신을 팔고 먹다 보니 송편 세 개와 달걀 하나가 뚝딱 사라집니다.

입 안 가득 고구마를 우물거리며 나머지 달걀을 집다가 퍼뜩 떠오른 생각.

'아! 콜레스테롤.'

봉 여사에겐 호환마마보다 더 무서운 게 바로 콜레스테롤! 건강을 자신하다가도 검진 때마다 '혈압', '콜레스테롤', '고지혈증' 같은 말만 들으면 한없이 작아지거든요.

'달걀은 콜레스테롤이 높다는데. 그 좋아하는 게와 새우도 얼마나 조심하는데.'

봉 여사, 단호히 손에 든 달걀을 내려놓습니다. 이젠 달걀이 숫제 콜레스테롤 덩어리로 보일 지경이에요. 대신 나머지 송편을 집어 듭니다.

'송편 한두 개쯤이야 괜찮지.'

송편 두 개도 순식간에 입 안으로 사라집니다.

'괜찮아, 밥 대신인데 뭐!'

남은 달걀 하나는 냉장고에 넣고 다시 소파로 가서 리모컨을 집어 듭니다. 이리저리 채널을 돌리며 남은 사과를 아작아작.

'과일은 살 안 찌니까. 건강에도 좋고.'

주전부리로 저녁을 때웠더니 왠지 몸이 좀 가뿐해진 듯합니다. 밥 대신 간단히 요기만 한데다 그나마도 다 먹지 않았으니까요. 그중에도 콜레스테롤이 많은 달걀을 하나 남긴 건 정말 잘했다 싶은데요.

'오늘은 몸무게가 좀 줄겠는걸. 흠흠.'

멈출 수 없다, 다이어트

봉 여사, 욕실을 나오다 오늘도 입구에 놓인 체중계를 그냥 지나치질 못합니다.

"얼마나 나가려나?"

하루에 몇 번씩 재면서도 매번 올라갈 때마다 혹시나 하는 기대를 거는데요.

'오늘은 검진 때문에 아침도 걸렀고, 저녁에도 밥 대신 떡만 좀 먹었으니 어디?'

조심스럽게 한 다리로 올라서고 나머지 발을 체중계에 살포시 내려놓습니다. 파르르 떨리는 화면 그리고 멈춘 숫자. 하, 근데 이게 웬일입니까.

"아이고, 뭐야? 아침보다 2킬로나 더 늘었네!"

도저히 믿기지 않아 내려왔다 다시 올라서 화면을 보는데, 그대로네요.

'이상하다. 그깟 송편이 얼마나 나간다고.'

2킬로그램이 소고기로 몇 근인가. 그 양을 따져 보니 먹은 양에 비해 너무 터무니없이 많이 나간다 싶은데요.

'물만 먹어도 살이 찌는 사람이 있다더니 하필이면 내가 그런가 보네.'

숫제 억울하기까지 한 심정이에요.

'그래도 옛날에 비하면 많이 줄었는데.'

불룩하게 나온 뱃살을 양손으로 움켜잡아 봅니다. 한 손아귀에 다 잡히지 않던 뱃살 주름이 이제 한 손에 다 들어오는군요.

'이만큼 줄었으면 그만큼 무게도 빠져야 하는데 어찌된 거지?'

"할머니, 혈압 생각해서 몸무게를 조금 줄이시는 게 좋아요."

20년째 검진 때마다 같은 말을 듣고 있습니다. 봉 여사라고 몸무게에 신경 안 쓰는 게 아니에요. 아니, 사실은 누구보다 살 빼는 것에 관심이 많지요. 밥은 절대 반 공기 넘게 먹지 않고, 반찬도 얼마나 신경 써서 가리는지 몰라요.

'좋아하는 비계도 다 떼서 먹는데.'

낮에 경로당에서 제육볶음의 비계를 일일이 떼어 내 먹은 게 떠오릅니다.

'기름기 없이 퍽퍽한 살코기만 먹은 게 벌써 몇 년째야.'

닭을 삶아도 껍질은 입에도 대지 않고 육수마저 창호

69

지로 기름을 싹 걸러 내고서야 먹는데요. 이 모든 게 다 다이어트에 들이는 공력이지요.

'먹는 것만 신경 쓰나, 어디? 운동은 좀 열심히 해?'

봉 여사는 경로당 체조 시간에도 누구보다 열심이에요. 몸이 아파 못 나갈 때도 체조 시간만큼은 나가려고 할 정도니까요. 집에 있을 때조차 가만히 앉아 있지 않습니다. 소파에 앉아 텔레비전을 볼 때도 앞다리를 들었다 놨다, 양팔도 쉴 새 없이 구부렸다 폈다 체조를 하지요. 덕분에 경로당에선 제일 유연하기로 손꼽힙니다.

그렇게 열심인데도 검진 결과에선 매번 똑같은 소리. 거기에 써진 목표 체중을 떠올리면 아득해지지요. 지금보다 거의 10킬로그램이나 빼라는데 그 숫자를 떠올릴 때마다 좌절감이 들다 나중엔 화가 날 지경이에요.

'미쳤다, 이 나이에 10킬로나 빼라고? 그러다 분명 죽을 거야, 힘없어서.'

그러면서도 발과 다리를 부지런히 움직입니다.

'괜찮아. 운동하고 있으니! 내일 아침엔 좀 줄 테지.'

아까워 아까워

'더 늦기 전에 쓰레기 내놓고 와야겠다.'

아파트에 살면서 제일 귀찮은 게 음식물 쓰레기를 내놓는 일입니다. 전에 살던 주택에는 텃밭이 있으니 음식물 쓰레기라는 게 전혀 없었어요. 이사 오니 하나부터 열까지 다 쓰레기예요.

'흙에 묻으면 다 귀한 비료인데……'

봉 여사는 꼭 돈을 버리는 것 같아 아깝기만 합니다.

'운동 삼아 갔다 오자.'

움직이기 싫을 때마다 거는 주문 '운동 삼아'라고 생각한 순간, 신기하게도 움직일 힘이 불끈 솟아나지요.

쓰레기를 버리려면 엘리베이터를 타고 내려가 다시 아파트 입구까지 걸어가야 합니다. 한 손엔 지팡이를 짚고, 다른 손엔 음식물 쓰레기통을 들고 말이지요. 매번 쓰레기 무게를 재고 버려야 하니 여간 번거로운 게 아니에요. 가끔 카드를 잊고 가는 바람에 다시 집까지 통을 들고 왔다 갔다, 그러다 카드를 잃어버리기도 하죠.

이윽고 도착한 쓰레기장. 재활용품들이 종류별로 말끔히 정리돼 있어요. 그걸 볼 때마다 얼마나 쓸 만한 게 많은지, 눈을 질끈 감고 못 본 척하려 애를 쓰지요.

'아이고, 저 가방이며 신발은 아예 새 건데 왜 버렸대?'

가져가고 싶은 마음을 꾹꾹 누르는데 이번엔 이불솜 개켜진 게 눈에 들어오네요.

'아유, 목화솜이네. 저 귀한 걸 어째. 이불 홑청만 갈면 얼마든지 쓸 수 있는데.'

예전엔 참 귀했던 거지만 요즘엔 겨울에도 집안이 따뜻해 애물단지가 돼 버린 지 오래. 봉 여사도 이제는 목화솜이불을 덮지 않지요. 그래도 막상 버려진 목화솜을 보니 아까워서 쉽사리 돌아서지 못합니다.

'아까운 줄 모르니 아껴 쓰는 재미도 모르는 거지, 요즘 사람들은.'

한참 만에야 고개를 돌리는데 이번엔 또 빈 술병들이 눈에 들어오네요.

'하나, 둘, 셋…… 아휴, 열 개가 넘네.'

집에도 몇 개 있으니 조금만 더 모으면 두부나 콩나물 따위와 바꿀 수 있을 것 같은데요.

'가져갈까?'

마음은 동하는데 손에 다 들 수가 없어 문제네요. 지팡이를 옆구리에 끼고 양손에 병을 잔뜩 들면 엘리베이터 버튼 누르기가 어려울 테고.

'그러다 넘어지기라도 해 봐, 어휴.'

상상만으로도 그런 낭패가 없습니다.

'두어 번 왔다 갈까?'

그럼 팔 때도 그래야 하니 귀찮기도 하고요.

'에고, 그러다 경로당 노인네 누구라도 보는 날이면 병 주워 파는 노인네로 소문날걸.'

그것도 은근 신경 쓰입니다.

'그래, 아들네 오면 주자. 걔네들이 병 더 모아서 팔면 되잖아.'

결국 통에 몇 개를 집어넣고, 나머지는 다른 손으로 주둥이를 한꺼번에 움켜쥔 채 종종걸음으로 아파트 입구로 들어갑니다.

무서운 세상

"누구요?"

병을 들고 오는데 집 앞 복도에 웬 여자가 서 있네요.

"아, 여기 사세요? 가스 안전 점검 나왔어요."

안전 점검이란 말에 봉 여사는 현관문을 열고 앞장섭니다. 따라 들어온 여자는 곧장 베란다로 가 보일러 관을 슬쩍 보는군요. 그러고는 주방으로 와서 벽에 붙은 가스관을 이리저리 살피는데요.

"무슨 문제 있소?"

"예, 이게 할머니 집엔 설치가 안 됐네요."

여자는 가방에서 흰 천 같은 걸 꺼내 가스레인지 후드에 끼우고, 나머지 한 장을 봉 여사에게 내밉니다.

"이게 있어야 음식 할 때 위로 올라간 김이 여기에 맺혀 위험하지 않아요. 나중에 누렇게 되면 빼서 새 걸로 갈아 끼우시고요. 원래 두 장만 끼우면 끝인데 어르신한테만 특별히 여분으로 더 드리는 거예요. 세 장이면 5만 원인데 3만 원만 받고 드릴게요, 특별히."

"3만 원?"

돈 이야기에 그제야 정신이 번쩍! 세차게 손사래를 칩니다.

"아, 돈 드는 거면 안 해요, 안 해."

그 말에 사근사근하던 여자가 갑자기 돌변합니다.

"무슨 말씀이세요! 그럼 설치하기 전에 말씀하셔야죠! 이미 설치한 건 환불해 드릴 수 없어요!"

"그런 말 없었잖우. 검사라고 하고선……."

"할머니! 이렇게 나오시면 곤란해요. 특별히 3만 원으로 서비스까지 해 드린 건데!"

점점 기세가 등등해지는 여자를 보자 그제야 봉 여사는 낯선 사람과 단둘이 집안에 있다는 걸 깨닫습니다. 자신을 도와줄 사람이 아무도 곁에 없다는 사실을요. 순간 무서운 생각이 확 밀려들면서 몸이 떨려 옵니다. 아들을 떠올렸지만 험악한 여자 얼굴을 보자 전화할 엄두가 나질 않아요.

"할머니! 어서 주세요! 바빠요!"

사납게 몰아세우자 가슴까지 쾅쾅쾅. 그 소리가 어찌나 큰지 여자에게도 꼭 들릴 것 같은데요. 식은땀이 나고 숨이 막힐 듯 가슴이 답답해지며 떠오르는 생각은 오로지 한 가지.

'지갑에 만 원짜리가 있어야 할 텐데, 그걸 받고 저이가 어서 문밖으로 나가야 할 텐데.'

주머니로 가는 손이 덜덜덜. 다행히 앞섶 주머니에서 지갑이 만져지네요. 쓰레기 버릴 카드를 챙기느라 갖고 있던 지갑인데요. 만 원짜리 지폐를 겨우 꺼내는데 여자가 낚아채듯 가져가더니 순식간에 문밖으로 사라집니다.

띠리링, 철컥!

문이 닫히면서 자동으로 잠기는 소리에 봉 여사, 다리 힘이 풀려 털썩 식탁 의자에 주저앉고 맙니다.

얼마나 지났을까. 겨우 전화기를 찾아 아들 번호를 누르는데 자꾸만 스스로를 향한 타박이 터져 나옵니다.

"아이고, 이 한심한 인사야! 야무지게 굴자고 다짐, 다짐했는데! 그렇게 쉽게 속아 넘어가다니! 아이고, 어리석은 인간!"

분명 아들한테도 한 소리 들을 거란 짐작에 전화 거는 목소리는 자꾸만 기어들어 가는데요. 아들은 뜻밖에도 속인 사람이 나쁘지 어머니 잘못이 아니다, 관리사무소에 신고할 테니 걱정 마시라 하고 위로합니다.

아들과 긴 통화를 끝내고 나자 봉 여사, 그제야 화가 치밉니다.

　'괘씸한 인간! 새파랗게 젊은 게 일해서 먹고살아야지,
늙은이한테 사기나 치다니!'

어쩌라고!

"아이고, 배야. 왜 이런다니."

봉 여사, 자리에 누웠다가 참지 못하고 그만 일어나고 맙니다. 강매 당한 것에 너무 놀라 먹은 게 탈났는지 저녁 때부터 거북하던 배가 살살 아파 오네요.

'안 되겠다, 한 잔 하고 자야지.'

이럴 때 봉 여사만의 긴급처방은 매실 액. 소주잔으로 한 잔 꿀꺽 삼키고 배를 문지르고 있으면 어느새 아픔이 가라앉곤 하니까요.

매실 액이 담긴 잔을 들고 소파에 앉습니다.

"에고, '엄마 손은 약손' 해 가며 키운 자식도 이럴 땐 소용없다니까."

'자식 손이 약손' 해 줄 자식이 바로 옆에 없으니 아쉬운 대로 스스로 달래는 수밖에요. 들고 있던 매실 액을 한입에 다 털어 넣어 삼킨 뒤 배를 문질러 줍니다.

어차피 잠은 멀리 달아나 버렸으니 오늘 밤도 텔레비전을 벗 삼아야 될 듯싶은데요. 채널을 이리저리 돌려 보다 정지. 연예인들이랑 의사들이 여럿 나와 당뇨에 대해 말하고 있네요.

"응? 당뇨?"

봉 여사 눈이 반짝 빛납니다. 경로당 벗들 대부분이 당뇨 때문에 고생하는 걸 보면 아주 고약한 병인 것 같은데요. 다행히 자신은 아직 정상이지만 검진 때마다 당뇨수치가 조금씩 높아지고 있다는 말을 들은 터라 관심이 갑니다. 화면에 비친 의사는 단 것을 가려 먹으라고 충고합니다.

'우리 아들이랑 같은 말을 하네.'

"매실 액이 무슨 약이에요? 설탕에 절인 거라 당 덩어리라고요!"

문득 뱃속에 설탕이 꽉 들어찬 것마냥 거북해집니다.

'어쩌나? 이미 속에 들어가 버린 걸 없앨 수도 없으니.'

불안해지는 마음을 알기라도 한 듯 텔레비전 속 의사가 덧붙입니다.

"무엇보다 운동이 정말 중요합니다."

그 말에 벌떡 일어나 제자리에서 양팔을 격하게 좌우로 휘둘러 봅니다. 다리도 번갈아 들었다 놨다, 다음엔 손을 허리에 얹고 허리를 좌우로 몇 번이고 비틀어 보기도 하고요.

'괜찮아. 운동하면 괜찮다니까.'

한참 그렇게 움직이다 보니 조금 위안이 되는데요. 그때 의사가 더 중요하다는 듯 강조하는 한마디.

"꼭 기억하실 건 설탕이나 과일에만 당이 있는 게 아니란 거예요. 진짜 조심할 건 탄수화물입니다. 바로 고구마, 감자, 빵, 떡 이런 게 다 당 덩어리들입니다."

"뭣이라?"

순간, 봉 여사가 소파에 털썩 주저앉고 맙니다. 떡, 고구마 이게 다 밥 대신 자신이 먹은 게 아니던가.

"저번에 나온 연예인은 고구마 먹고 살을 뺐다던데, 이젠 또 조심하라고?"

당최 종잡을 수가 없는 세계.

"도대체 어느 장단에 춤을 추라는 거야!"

자신도 모르게 버럭 호통바람이 튀어나오고 맙니다.

분주한
수요일

이
까
짓
거
으랏차차!

문 앞이 저승

"언니, 내일 점심은 혼자 준비하고 계셔. 난 회장님 따라 조문 갔다 올게요."

부회장 정 씨가 펄펄 김이 나는 솥에서 국을 뜨며 말합니다.

"조문? 누구?"

"아, 그 백 영감님 어제 가셨다네."

"잉? 지난주에도 멀쩡하지 않았어?"

"그러게요. 문 앞이 저승이라더니 그렇게 훅 갈 줄 누가 알았나."

봉 여사, 기분이 묘해집니다. 얼마 전 자기 앞에 마주 앉아 밥을 먹던 백 영감 모습이 눈에 선하거든요. 나이는 한참 아래였지만 풍이 있는지 손을 한시도 가만 못하고 덜덜. 그러니 숟가락을 쥐고도 먹는 거 반, 흘리는 거 반. 그 영감 앉았던 자리를 치우면서 얼마나 구시렁댔던지.

'멀쩡히 앉아 있다가 그새 송장이 돼 버렸다고? 죽는 게 참 쉽기도 하네.'

오래전 죽은 남편의 임종이 떠오릅니다. 재혼으로 만났지만 얼마 함께 못 살고 먼저 세상을 떠나보냈지요. 자리보전하고 누워서 세상 뜨는 순간까지 봉 여사가 옆에서 지켰는데요. 눈 감는 순간까지도 정신은 온전한데 다리에 감각이 없다고만 했습니다. 다리를 주무르려고 만지면 너무 싸늘한 게 산 사람 것 같지 않았어요. 봉 여사는 그때 생각했지요.

'죽음이란 게 천천히 몸으로 퍼지다가 마지막에 탁, 숨통을 끊어 놓는가 보다.'

점심 먹기 전 회장이 백 영감의 죽음을 모두에게 알립니다. 그러자 뭐라 웅얼거리는 이, 고개만 끄덕이는 이, 물끄러미 자기 밥만 쳐다보는 이, 반응이 제각각이에요. 그러다 회장 말이 끝나기 무섭게 수저 소리만 달그락달그락.

아파트로 이사 오고 경로당에 나온 지 5년째, 봉 여사는 이런 통보에 이제 익숙해졌습니다. 어제까지도 같이 하던 이가 안 나오면 자연스레 소식이 들려오지요. 양로원으로 갔네, 요양병원으로 갔네, 자식이 모셔갔네, 아니면 죽었다는 소식까지. 그런 소식에 특별히 슬퍼하거나 애달파하는 분위기도 아니에요. 그저 무심히 흘려보낼 뿐이지요.

"복도 많지. 그렇게 후딱 가면 얼마나 좋아. 자식들 고생

안 시키고."

　누군가 밥을 우물거리며 던진 한마디.

"그런 거 보면 작년 봄에 간 장 여사가 단연 최고지."

"장 여사?"

"왜 있잖아요. 우리 버스 빌려서 단체 구경 갔던 날 노래 부르고 춤도 막 추면서 신났던 이, 그 양반이 다음 날 세상 떴잖아. 원 없이 재미난 구경 다하니 간 거지. 그러기도 쉽지 않아."

　봉 여사도 생각나는 얼굴입니다. 그렇게 멀쩡하게 놀다가도 바로 죽을 수 있다니. 그때는 정말 놀랐지요. 죽음은 몸이 완전히 닳고 닳아 자리보전하고 누운 뒤에야 서서히 찾아오는 줄 알았거든요. 그런데 다음 날 죽을 줄도 모르고 신나게 살고 있는데 어느 한 순간 숨통이 탁 끊어질 수도 있다니, 섬뜩합니다.

　'나한테도 그렇게 갑자기 찾아오면 어쩌지?'

　저승사자가 당장에라도 문을 열고 들이닥칠 것 같아 등줄기가 오싹해지는데요.

　'난 아직 이리 팔팔한데 저승사자가 갑자기 가자고 잡아끌면?'

　자신은 도저히 억울해서 못 갈 것 같습니다. 상상하기

도 싫어 부르르 진저리를 치는 봉 여사. 갑자기 국에 밥을 말아 훌훌 단숨에 한 그릇을 뚝딱 비웁니다.

'괜찮아. 이렇게 잘 먹으면서 살아 있잖아?'

노인의 자격

"자, 앞으로 두 손 쭉 뻗으세요. 숨은 편안히 쉬면서."

고무줄처럼 몸을 죽죽 늘리며 요가 선생이 말합니다.

'에고, 어떻게 편안히 숨을 쉬라는 거야.'

봉 여사는 엎드려 두 팔을 앞으로 뻗어 봅니다. 가슴이 벌렁벌렁 곧 숨이 차오르네요.

"무리하지 마시고요. 할 수 있는 만큼만 내려가세요. 조금씩 더, 더. 절대 무리 마시고요."

'아니, 할 수 있는 것보다 더 해야 느는 거지. 어떻게 딱 할 만큼만 하래.'

속으로는 구시렁거리면서도 발끝 가까이 손을 뻗어 보는데요. 가슴이 다리 위에 닿을락 말락. 눈앞에 무릎이 바짝 다가섭니다. 조금 더 내려가 보려 애를 쓰는데.

"와, 어르신! 정말 유연하시네요. 최고예요!"

강사가 다가와 봉 여사 등에 손을 얹으며 소리칩니다. 늘 듣는 칭찬에 오늘도 의기양양. 항상 맨 앞에서 수업 받는 보람을 느끼는데요. 숨을 몰아쉬고 보란 듯이 더 깊숙이 몸을 숙여 봅니다.

"저 뒤에 앉아 계신 어머님, 여기서 같이 하세요. 이리 오세요!"

누굴 보고 하는 말인지 안 봐도 뻔히 알 것 같습니다. 이제야 겨우 팔십 줄에 들어섰는데 원체 꼼짝 않으려는 노인네입니다.

'또 저이구만. 밥 먹고 멀뚱히 앉아만 있는 인사.'

날고 뛸 것 같은 나이에 왜 구경만 하는지 봉 여사로선 당최 모를 일입니다.

'아직 팔팔할 때고만 어째 저래? 뭐라도 좀 해 볼 일이지.'

"같이 해 보세요. 다 안 따라 하셔도 되고 조금씩만 움직여 보세요."

강사가 몇 번이나 권하는데도 그이는 꿈쩍도 안 합니다. 봉 여사는 그런 게 제일 꼴 보기 싫습니다.

'안 할 거면 집에 가든가. 기왕에 왔으니 한번 해 보면 좀 좋아? 다 자기 좋으라고 그러는 거지. 저렇게 권하는 선생님 무안하게.'

선생이 얼마나 무안할까 싶어 괜스레 자기가 다 미안해지는데요.

'원, 저렇게 일찍 늙고 싶을까? 무덤에 가려면 아직 멀

었구먼. 어째 곧 죽을 사람처럼 저래?'

봉 여사는 늘 스스로 젊다고 여기며 살아왔습니다. 아파트로 이사 오기 전에는 여든이 넘어도 경로당에 갈 생각을 안 했으니까요. 아들이 심심풀이로 가 보라고 권할 때마다 손사래를 쳤지요.

"내가 왜 노인들만 천지인 그런 곳엘 가냐."

동네에서 어울리던 벗들도 다 열 살 아래인 동생들뿐. 그러니 그네들과 또래처럼 어울려 지내며 늘 제 나이에서 10년은 깎아 버리던 봉 여사였어요.

"자, 이번엔 다리를 옆으로 벌릴 수 있는 만큼 벌리시고요. 손을 쭉 뻗으며 앞으로 엎드립니다."

'옳거니! 내가 이건 자신 있지.'

봉 여사, 이때다 싶어 다리를 쫘악 벌립니다. 언제 해도 늘 자신 있는 동작. 아들과 며느리에게 선보였을 때도 다들 놀라 난리였던 바로 그 자세예요.

"역시, 우리 어머님! 정말 대단하시네요."

기대를 저버리지 않고 이번에도 강사가 칭찬을 쏟아 냅니다. 봉 여사, 숙인 허리가 점점 더 앞으로 내려가네요.

'사람은 노력을 해야 해, 뭐든 노력을! 노력을, 끙!'

이삭줍기

마른 그릇을 정리하고 막 쉬려는데 경로당 입구가 왁자합니다. 감자 주우러 갔던 이들이 돌아온 모양이네요.

"일찍 가긴 글렀네."

봉 여사도 벌떡 일어나 밖으로 나가 보는데요. 회장 차 안에 커다란 비닐봉지가 여럿 보여요. 종종 수확 끝난 밭에서 버려진 작물들을 주워 오곤 합니다. 무, 배추, 감자, 고구마, 귤, 파, 양파, 양배추, 브로콜리, 미나리 등등 종류도 가지가지. 어떻게 소문을 듣는지 곧 갈아엎을 밭을 잘도 알고서 한 차씩 실어 옵니다.

"같이 들어요. 무겁습니다!"

강 회장이 소리칩니다. 둘이 양쪽에서 들어 보는데 무거워 쉽지가 않네요. 그러는 사이 봉 여사가 안에서 비닐봉지를 여러 장 들고 나옵니다.

"자, 여기 나눠서 들어요."

봉투에 이리저리 나눠 담느라, 담은 걸 들고 가느라 경로당 앞이 북적북적.

봉 여사, 작은 봉지 하나 들고 얼른 들어가 바닥에 신문지를 널찍이 깔아 놓아요. 그 위에 봉지를 비우니 크고 작은 감자들이 우르르. 뒤따라온 부회장 정 씨도 묵직한 봉지를 쏟으며 소리치네요.

"작은 건 조림해서 먹게 여기 담고, 중간 건 여기, 큰 것도 따로 담아요. 감자전 해 먹게."

일머리가 있어 늘 뭐든 척척 지휘하는 정 씨. 봉 여사는 그 활력이 늘 부러워요. 젊어서는 자신도 그에 못지않았는데 말이에요. 뭘 해 먹을지, 어떻게 요리할지, 뭐든 막힘없이 해내는 정 씨를 볼 때마다 이제는 한없이 약해진 자신이 비교돼 초라해지곤 합니다. 어쩔 땐 비죽이 모난 심기가 솟아나기도 하고요.

'꼭 내가 아랫사람 같다니까.'

오늘도 밭에 같이 가려 따라나서는데 정 씨가 단호하게 말렸어요.

"힘들게 뭐하러 가요. 그냥 편히 쉬고 있어요."

"그래도 뭐라도 도와야지."

"힘 쓸 사람이 가야죠. 기다렸다 우리 오면 정리하는 거나 도와주면 되지요."

순간 자신은 쓸모없어 뒤로 내쳐진 것 같아 마음이 영

씁쓸했어요.

'아무리 몸이 고단해도 뒤로 빠져 있을 순 없지. 내 책임이 있는데.'

그래서 일이 끝나고도 집에 안 가고 기다렸던 거지요.

가운데 수북이 쌓인 감자 더미에서 막 파낸 싱싱한 흙내음이 솔솔. 고향 집에 온 듯 푸근해지는데요. 둥그렇게 모여 앉아 감자를 골라 담는데 농사짓던 옛 시절이 떠오릅니다.

'몸은 고달파도 수확할 때면 절로 배부르고 그랬지. 그땐 왜 그랬는지 몰라. 보리밭만 보면 가슴에 후끈한 바람이 일렁일렁.'

오뉴월 누렇게 익어 가던 보리밭이 봉 여사 눈에 여전히 선해요. 열여섯 처녀애, 그 고운 얼굴도 선명히 살아납니다.

'세월이야 흐른다지만 내 청춘은 언제 피었다 져 버린 거냐.'

오래전 옛일을 떠올릴수록 인생이 한나절 꿈만 같아 아득해지는 봉 여사.

"거의 됐으니 남은 건 작은 봉지에 한 번 삶아 먹을 만큼씩 담아요."

정 씨가 검은 봉지를 건네며 싹싹하게 말합니다. 아마도 남아서 일손을 도운 이들에게 나눠 줄 요량일 겁니다.

'저렇게 주변을 잘 챙기니 대장처럼 저이를 따를 수밖에 없지 뭐야.'

감자 한 알 때문에

"아니, 왜 자꾸 더 집어넣는 거야? 이녁 거는 벌써 들어놓고!"

"내 건 감자알이 너무 작잖아. 자기들은 다 큰 것만 담았구먼."

"무슨 말이야, 그냥 아무 봉지나 있는 대로 잡은 거지. 하여튼 욕심은."

"욕심이라니! 뭔 소리를 그렇게 해!"

남은 감자를 나눠 갖다가 결국 큰 소리가 나고 맙니다. 봉 여사, 또 저러네 싶어 눈살을 찌푸립니다.

'어린애들도 아니고 감자 몇 알에 욕심내다니.'

하루가 멀다 하고 경로당에선 이런저런 사소한 것으로 말다툼이 벌어지지요.

'아무튼 박 씨, 저이가 문제라니까! 욕심만 많아서.'

그냥 두고 볼 수 없단 생각에 봉 여사가 나섭니다. 제일 맏언니인 셈이니 아우들에게 한마디쯤 할 수 있으니까요.

"아유, 먹고 부족하면 더 가져가면 되지. 뭘 큰소리가 나게 해. 자네도 참!"

"아니, 형님! 무슨 소리를 그렇게 해요! 왜 저 여편네 편만 들어요!"

박 씨, 벼락치듯 소리를 버럭 지릅니다. 그 기세에 화들짝 놀란 봉 여사. 그래도 차분하게 타이르리라, 내가 제일 윗사람이니까. 다짐하며 찬찬히 말을 꺼내 보는데요.

"편은 무슨 편이야, 싸우지 말라는 말이지. 창피하게."

"창피? 창피! 하이고, 그래, 형님은 잘나서 좋겠소. 난 무식해서 감자 하나에 싸우는 년이고!"

이제는 아예 핏대를 세우고 봉 여사에게 달려드는 박 씨. 그 소동에 다른 방에 있던 영감들까지 건너옵니다.

봉 여사, 이게 웬 봉변인가 싶어 정신이 아득해집니다. 싸움꾼처럼 돼 버린 게 창피하고 분해서 가슴이 터질 것 같아요.

'내 저놈의 여편네를 확 그냥!'

박 씨에게 대거리 못할 것도 없지만 동네서 싸움질이나 하는 사람으로 비치는 건 싫습니다. 아들도 얼마나 자주 다짐을 받았던가요.

"어머니, 무슨 일이든 성질 죽이세요. 혈압 오르면 어머니만 손해예요. 제발 그러려니 하고 넘기세요."

봉 여사, 화를 참아 보려 마음을 가다듬고 숨을 깊이 몰아쉽니다.

바로 그때였어요.

"이깟 잘난 감자!"

박 씨가 감자 봉지를 바닥에 패대기치며 주저앉아 막무가내로 악을 씁니다. 모여든 사람들 들으라는 듯 고래고래 괴성을 지르면서요.

"아이고, 억울해! 주어 온 감자 몇 알에 도둑년 취급이나 받고!"

"누가 도둑 취급을 했다고 그래? 없는 말을 잘도 지어내네. 그러다 천벌 받아!"

먼저 박 씨와 시비가 붙었던 김 씨가 나서는데요. 그러자 기세등등 달려드는 박 씨.

"천벌? 그래, 말 잘했다! 누가 잘못했는지 어디 따져 보자. 경찰서 가서 법대로 따져 보자고!"

"아유, 정말 더러워서 상종 못할 인사네! 퉤!"

그렇게 튀어나온 침은 그만 박 씨 뺨을 살짝 스쳐갔고, 순간 둘은 머리채를 잡고 나둥그러지고 맙니다. 누가 신고를 한 것인지 결국 동네 파출소에서 경찰이 오는 지경에 이르고 마는데요. 신기하게도 그토록 격렬하게 부둥켜 뒹

굴던 두 사람은 경찰이 나타나자마자 싸움을 딱 멈췄어
요. 손자처럼 어린 경찰이 타이르듯 한마디 하는데요.

"사이좋게 지내셔야죠."

그 한마디에 언제 그랬냐는 듯 다들 감자 봉지 하나씩
들고 총총히 사라집니다. 봉 여사만 소란이 끝나고도 어
안이 벙벙해 한참 그대로 있지요.

'고작 감자 한 알 때문에 경찰까지 부르다니.'

제 식구끼리 궂은 건 절대 울타리 밖으로 나가지 않게 감싸 줘야 한다고 굳게 믿는 봉 여사, 얼굴이 화끈 달아오릅니다.

'동네방네 소문이 다 날 텐데 이제 창피해서 어떻게 얼굴을 들고 다닌담.'

오일장 구경

회장 차를 타고 오일장으로 가는 길. 해 넘어가는 서쪽 하늘이 붉게 물들고 있습니다.

'사람이 가는 마지막도 저리 고우면 얼마나 좋을까.'

차창 밖으로 노을을 보던 봉 여사. 혼자만의 생각에 빠져 있는데요.

"언니, 잊어요. 박 씨가 원래 좀 그렇잖아."

옆에 앉은 부회장 정 씨가 봉 여사 손을 잡으며 달랩니다. 앞자리에서 총무 윤 씨도 뒤돌아보며 거들고요.

"맞아요. 그게 뭐야, 한참 아랫사람이 경우 없이!"

한바탕 소동이 끝난 뒤 집에 가려는 봉 여사를 정 씨가 붙잡아 같이 나선 나들이 길. 회장과 부회장 정 씨, 그리고 총무 윤 씨, 셋은 자주 어울려 오일장에 다닙니다. 파장이 가까울 무렵에 가서 생선을 떨이로 싸게 사 두고 경로당 반찬거리로 요긴하게 쓰거든요.

회장은 가끔씩 장에 가는 길에 봉 여사를 태워 주기도 하는데요. 그렇게 챙겨 주는 게 고마워 딱히 살 게 없어도 거절 않고 따라나서곤 합니다. 차를 타고 바깥바람을 쐬다 보니 좀 전의 소동으로 사납던 마음이 잠잠해지네요.

장에 가까워질수록 차가 많아지면서 길이 점점 혼잡해집니다. 그래도 회장은 별 어려움 없이 쏙쏙 잘도 빠져나가네요. 그 모습에 봉 여사는 절로 감탄이 나옵니다.

'어쩌면 저렇게 길을 척척 잘 알고 다닐까? 나도 좀 젊었으면 운전을……'

부질없는 생각이 뒤를 이어 꼬물꼬물 올라옵니다. 회장은 경로당에서 유일하게 차를 몰고 다녀요. 뉴스에선 노인들이 사고를 많이 낸다고 자꾸 나무라지만 회장을 보면 나이 들었다고 운전 실력까지 늙는 것 같진 않아 보입니다.

'술 먹고 사고 내는 건 다 젊은이들이던데 왜 늙은이한테만 뭐래!'

아무리 봐도 더 빨리 달리고, 거칠게 몰고, 음주 운전하는 건 죄다 젊은 사람인데 왜 노인들만 닦아세우는 건가 싶어 불만이에요.

"조기 좀 볼까?"

장에 들어서자마자 단짝인 윤 씨와 정 씨가 찰싹 붙어서 잰걸음으로 앞장서네요. 조금 뒤에서 회장이 휘적휘적 따라가고요. 그들과 떨어지지 않으려고 봉 여사는 종종

걸음으로 바삐 걷습니다. 사람이 많아 자칫 일행과 떨어질까 봐 한눈팔 겨를이 없지요. 마음 편히 둘러볼 수 없으니 사실 장 구경이랄 것도 없긴 한데요.

"봉 여사님은 살 것 없으신가요?"

어물전 앞에서 회장이 묻습니다.

"저야 뭐……."

살 게 없는데 그냥 따라왔다고 할 수도 없는 노릇.

"멸치, 멸치 좀 사려고요. 밑반찬 하고, 애들도 좀 나눠 주고."

그렇게 해서 멸치 한 봉지에, 그 옆에 보이는 서대 서너 마리, 그리고 살짝 말린 고등어까지 삽니다. 고등어는 너무 기름져 별로인데 며느리가 아주 좋아하니 그냥 넘어가지 못하고 꼭 사게 되지요.

"서대 만 원에 고등어까지 2만 원이에요, 할머니!"

"조금 깎아 주지. 차비라도."

"아유, 할머니 이것도 떨이로 파는 거라 하나도 남는 것 없어요."

말은 그렇게 하면서도 천 원 한 장을 거슬러 줍니다.

'이 맛에 장에 오는 거지.'

재래시장 근처에서 50년 세월을 살았던 봉 여사. 아침

저녁으로 장 구경 다니던 터라 장에만 나오면 사람 사는 맛을 느낍니다. 사는 재미 반, 흥정하는 재미 반. 그러다 이사 간 뒤에 아파트 앞 마트에서 좀 깎아 달랬다가 얼마나 무안을 당했던지.

'십 원까지 다 받기는. 야박하기가 아주 그냥.'

고등어를 담는 사이 일행은 장을 벌써 다 보고 기다리고 있네요. 이왕 왔으니 꽃나무 파는 곳도 구경하고 싶은데 눈치가 보여 아무 말도 하지 않습니다.

'괜찮아. 다음에 혼자 와서 실컷 보면 되지.'

봉 여사는 시에서 준 무료 택시 쿠폰을 떠올립니다. 1년에 스무 번 남짓 쓸 수 있는데 오일장 구경에 쓰려고 아껴 두었거든요.

나들이를 마친 봉 여사, 이제야 마음이 개운해집니다.

고마운 도우미

서대 한 마리 튀겨 맛나게 저녁을 먹고 나서 막 치우려는 찰나, 딩동 현관 초인종이 울립니다.

"누구요?"

"저예요. 도우미."

반가운 목소리가 들리자 봉 여사, 얼른 현관문을 열어젖힙니다.

"잘 지내셨어요?"

서글서글하게 웃으며 인사를 건네는 그이를 보자 봉여사도 활짝 웃습니다.

"어서 와. 저녁은 먹었어? 어쩌나, 밥이 없는데."

"괜찮아요, 어르신. 먹고 왔어요."

방금 구워 먹은 생선 냄새에 괜스레 미안해집니다.

'밥 때에 사람이 왔는데 맨입으로 보내야 하다니 미안해서 어쩌나.'

봉 여사, 따뜻한 밥 한 그릇 먹여 보내고 싶은 마음이 굴뚝같습니다. 집에 찾아오는 사람을 그냥 보내는 법 없이 살아왔으니까요. 반찬 없이도 먹던 밥에 숟가락 하나 챙겨 놓고 같이 먹으면 그게 사람 사는 정이라고 여겨 왔거든요.

어쩌다 농사지은 귤을 준다고 조카가 찾아올 때가 있습니다. 오랜만에 본 피붙이를 그냥 보내고 싶지 않은데 밥은 고사하고 커피 한 잔 마실 새도 없이 후딱 일어서 버리면 그리 섭섭할 수가 없어요.

'요즘 사람들은 사람 사는 정보다 시간이 더 귀하지. 붙잡지도 못하는 시간을.'

한 달이면 두 번쯤 찾아오는 도우미. 혼자 사는 노인들에게 찾아와 어떻게 지내는지 살펴보고, 세상 돌아가는 얘기도 나누지요. 봉 여사는 그 시간이 어찌나 좋은지, 도우미만 오면 오랜만에 자식이나 조카가 찾아온 것마냥 반갑기 그지없어요.

"어떻게 지내셨어요?"

"뭐, 잘 지냈지. 경로당 일도 하고. 오늘은 오일장도 다녀오고."

"어휴, 피곤하지 않으세요? 언제나 정정하시네."

도우미는 이런저런 봉 여사 얘기를 잘 들어 줍니다. 거기에 잊지 않고 꼬박꼬박 찾아 주니 고맙고 살가울 수밖에요.

전에 살던 동네에서도 오랫동안 왕래했던 도우미와 잘 지냈는데요. 얼마나 정이 깊이 들었던지 이사 때문에 헤어지게 되자 이루 말할 수 없이 섭섭했지요.

"어머니는 혼자 살지만 자식이 근처에 있잖아요. 도우미는 보호자 없이 혼자 사는 노인들을 위한 거라서 이젠 신청하기 어려워요."

젊은 사람들은 어디든, 누구든 찾아갈 수 있으니 발 묶인 자신의 심정을 알 턱이 있나요.

"너는 모른다, 몰라. 늙은이한테 사람이 찾아오는 게 얼마나 반가운 일인지!"

결국 성화에 못 이긴 아들이 도우미 신청을 하자 아파트로 다른 도우미가 오게 된 겁니다.

봉 여사는 젊었을 때 학교 때문에 고향에서 올라온 조카 여럿을 돌봤는데요. 하숙비라고는 보리쌀 한 말이 다였던 시절. 혼자 벌어 살림이 어려웠지만 그래도 피붙이라 그 조카들을 다 거둬 먹였지요. 그렇게 정을 줬지만 세월이 흐르니 다들 그 수고를 까맣게 잊은 것 같아 서운할 때가 많습니다.

'한 번씩 찾아와 얼굴 마주하고 밥 한 끼 같이 먹으면

좀 좋아.'

그러니 잊지 않고 꼬박꼬박 찾아와 주는 도우미가 더없이 고맙지요.

"아드님은 왔다 갔어요?"

"뭐, 걔네들이야 바쁜데 얼마나 자주 오겠어. 어쩌다가……."

봉 여사 말끝이 흐려집니다. 착한 아들네한테야 좀 미안하지만 어쩔 수 없는 일이라고 선을 긋습니다. 혼자 지내는 것 같아야 도우미가 발길을 끊지 않을 거라 짐작하기 때문이에요.

"이건 비타민인데요. 하루 한 알씩 드세요."

도우미는 올 때마다 꼭 뭐든 하나씩 주고 갑니다.

'어유, 다정도 하지.'

도우미가 자신에게만 특별히 더 마음 써 주는 것 같아 애틋해지는 봉 여사. 보답을 하고 싶어 얼른 냉동실 문을 열어 비닐봉지를 꺼냅니다.

"이거 고등어야. 가져가서 먹어."

"웬 거예요? 두었다 드세요."

"오늘 오일장서 싱싱해 보여서 샀어. 나도 먹을 거 있어."

머느리 주려고 샀다는 얘기는 쏙 빼놓지요.

도우미는 현관에서 봉 여사 손을 맞잡고 잘 지내시라 거듭거듭 인사합니다. 이렇게 손을 잡으며 사람 온기를 나누어 주는데 어찌 안 반가울 수가 있나요.

'얼굴 보여 주는 게 제일 큰 선물이지. 아무렴.'

떴다방

"언니, 오늘 갈 거죠?"

도우미를 막 보내고 들어오자 부회장 정 씨에게서 전화가 옵니다.

"그럼, 가야지. 오늘 도장 열 개 채워 라면 받을 건데."

요즘 흠뻑 빠져 있는 떴다방. 한 달 전 길 건너 큰 건물 지하에 들어섰는데요. 온갖 물건을 실컷 구경하다 보면 두 시간이 순식간에 지나갑니다. 거기다 공짜 선물까지 주니 마다할 이유가 없지요.

20년 전에도 그런 곳에 다녀본 적이 있는데요. 거기서는 건강 제품들을 팔았는데 아들한테 얼마나 잔소리를 많이 들었는지 모릅니다. 하지만 기백이 밀리지 않을 때라 1년을 꿋꿋하게 다녔지요. 그리고는 최고 비싼 맥반석 자기 매트를 사는 것으로 마무리.

그때 산 매트가 20년째 봉 여사 침대 위에 놓여 있는데요. 천년만년 건강할 것처럼 선전했던 것이라 봉 여사가 몸이 아프다고 할 때마다 아들은 염장을 지릅니다.

"그것 봐요! 다 낫게 한다더니 솔직히 지금 보니 그 매트 가짜였죠?"

그런 것도, 아닌 것도 같은 봉 여사. 그렇다고 아들에게 밀리긴 싫어 이렇게 응수를 해 보지요.

"내가 구십 넘어 여태 건강한 것도 다 매트 덕일지 모르지 않냐?"

요즘 가는 곳은 날마다 파는 게 달라 구경할 맛이 더 납니다. 그날그날 무엇을 팔지 모르니 흥미진진하지요. 사지 않고 구경만 꼬박꼬박 나가도 휴지에 식용유, 라면, 당면, 간장, 김 같은 걸 공짜로 주니 안 가고 배길 수가 있나요. 그렇게 받아온 것들이 건넌방에 무더기로 쌓여 있습니다. 그걸 보고 있으면 또 가고 싶어 견딜 수가 없어요.

처음엔 아들 몰래 다녔는데요. 점점 쌓여 가는 물건을 감출 길이 없어 그만 들키고 말았습니다.

"아니, 그렇게 당하고도 또 가요? 왜요, 어머니!"

아들은 펄펄 뛰며 난리였지만 그에 물러설 봉 여사가 아니지요. 다만 이번엔 막무가내 고집을 부리기보다 전략을 바꾸었답니다.

"아유, 이번엔 달라. 아무것도 안 사. 그냥 놀다가 올 거야, 정말이다! 놀다 오면 지쳐서 잠도 잘 와서 그래. 내가 옛날에 다녀 봐서 사기인 줄 다 안다. 절대 안 속아."

아들은 못미더운 듯했지만 몇 번이나 다짐 받고는 어쩔 수 없이 허락을 했어요.

"약속하세요. 아무것도 사지 않는다고. 제 건 특히나. 절대, 절대로 사지 마세요!"

"그럼, 그럼. 내가 필요한 게 뭐가 있겠냐. 안 사, 안 사!"

약속과 달리 아들 몰래 프라이팬 같이 소소한 것 몇 개를 사기도 했지만 그건 비밀입니다. 봉 여사가 보기엔 그동안 받은 것에 비하면 거의 공짜나 다름없거든요.

'사람이 체면이 있지. 어떻게 맨날 공짜만 받아 오냐.'

오늘도 떳다방은 노인들로 꽉 들어찼습니다. 회사 사람들이 서서 일일이 알은체하네요. 날마다 봐선지 봉 여사도 그네들이 한솥밥 먹는 식구처럼 반가운 마음이에요.

"아이고, 어머니! 며칠 새 더 젊어지셨어엉!"

실장이 흥흥 콧소리를 내가며 애교를 부리는데 안 넘어갈 재간이 없습니다. 물건 홍보할 땐 어찌나 맛깔나게 흥을 돋우는지 뭐든 다 사고 싶어질 만큼 홀딱 넘어가 버리지요.

"이거 사시게요? 어머니, 신중히 생각하세요. 저희들은 억지로 물건 팔고 그런 사람들 아니에요. 필요 없는 건 절대, 절대 사지 마세요. 다 자식 같은 마음으로 드리는 말씀이에요."

그런 말을 들을 때마다 얼마나 안심이 되는지.

'참 양심적인 사람들이야. 사기꾼이라면 더 사라고 부추겼을 텐데 말이야.'

오늘도 눈물 쏙 빠지게 웃다 보니 두 시간이 뚝딱, 어느새 끝날 시간입니다. 드디어 마지막 물건 등장!

"오늘은 특별히 아들 가진 어머님들께 꼭 필요한 걸 갖고 왔습니다. 장마철 지나면 곧 여름 아닙니까? 여기 절대 땀에 젖지 않는 시원한 냉장 팬티입니다. 여자는 따뜻하게, 남자는? 그렇죠. 아랫도리를 시원하게 해 줘야 한다고 동의보감에 쓰여 있습니다. 어머님들, 대나무 아시죠. 그게 얼마나 시원합니까. 이게 바로 대나무 추출물로 만들어 땀에 젖지도 않고 몸에 감기지도 않아요. 저도 아들이라 어머님들 마음 잘 아니까 특별 세일! 하나 가격에 두 개씩 드립니다. 그것도 오만 원인데 할인해서 단돈 사만오천 원. 정말 꼭 필요하신 분만 사 가세요. 다 드리면 좋지만 몇 개 없어서요."

봉 여사, 아들 얘기에 이미 마음이 흔들려 버리네요.

'그래, 그놈이 좀 열이 많은가. 여름에 얼마나 힘들어

해. 술 먹은 다음 날도 얼음을 통째로 와작와작 씹어 먹잖아. 열이 많아 그래. 땀띠로 엄청 고생할 텐데······.'

잠깐 사이에 이미 팬티 상자가 봉 여사 손에 들려 있네요. 물건이 모자라다는데 자기 차례까지 돌아오다니 정말 횡재한 것만 같아 흥분되는데요.

값을 치르고서야 슬슬 걱정이 밀려듭니다.

'고집불통인 아들놈에게 뭐라 해서 이걸 입힌다? 괜찮아. 며느리한테 몰래 주고 자기가 산 것처럼 하라지 뭐.'

영정 사진

양손 가득 떳다방에서 받은 사은품을 들고 집에 온 봉여사. 아들 몫으로 산 걸 옷장 깊숙이 찔러 넣고, 새로 받은 휴지와 라면은 먼저 모아 놓은 것들 위에 올려놓습니다. 그러다 문 뒤쪽에 있던 종이 가방을 발견합니다.

'잉? 이게 뭐지?'

열어 보니 며칠 전 경로당에서 받아 온 영정 사진. 한 달 전, 경로당에 젊은이들이 사진 찍어 주는 봉사를 하러 왔었는데요. 그때 찍은 사진을 액자에 담아 준 거예요. 영정 사진이래서 내키지 않았는데 지금 보니 화사하게 웃는 낯이 제법 고와 보입니다.

'눈썹만 아니면 괜찮은 얼굴인데. 눈썹이 그만, 쯧'

처녀 적, 곱다는 소리를 들을 때마다 거울을 보면 자기 눈에도 제법 고와 보였어요. 단, 눈썹만 빼고요.

'갈매기처럼 일그러진 게 볼썽사나워 보이네. 고운 인상을 다 망쳤지 뭐야.'

이혼 후, 자신에게 곱다고 말하던 사람들은 이제 얼굴

값 한다고 쑥덕공론. 그럴 때마다 일그러진 눈썹이 얼굴 관상을 망친 게 아닐까, 그래서 팔자 센 인생이 된 게 아닐까, 그런 생각을 늘 곱씹었던 봉 여사.

그래서 늘 외모에 관심이 가는 건 어쩔 수 없었어요. 젊어서는 외양을 꾸밀 여유가 전혀 없었을 뿐이었지요. 혼자 힘으로 자식 키우며 살아남는 게 우선 급했으니까요.

'세상 이치가 그런가 보네. 너무 이르거나 너무 늦어서 어긋나는 게. 이제 좀 살아 볼 만하다 싶으니 쭈그렁 할망구가 돼 버리다니.'

없는 돈에도 사진기를 사서 철마다 마당에 피어나는 꽃들 앞에서 사진을 찍었던 봉 여사.

'꽃은 때 되면 언제든 다시 생생히 피어나는데 사람 꽃은 그러지를 못하니.'

언제부턴가 사진에 찍히는 것이 싫어졌어요. 아무리 찍어 발라도 어찌나 기술이 좋아졌는지 검버섯에 실금 같은 주름살 하나까지 아주 또렷하게 나오니 사진 찍을 맛이 안 났어요. 마치 늙어 가는 걸 부러 더 강조하는 것 같았으니까요.

그런데 이번 영정 사진은 좀 달라 보여요. 어찌 된 건지 주름에 검버섯까지 싹 사라지고 없으니까요. 게다가 반짝이는 액자에 끼워 넣으니 제법
폼까지 나는군요.

'발그레하니 혈색도 좋고. 20년
은 젊어 보이는 것 같은걸.'

한 가지, 옷만 좀 아쉬운데요.
사진 찍을 줄 모르고 일복으로
편하게 입고 갔으니 색깔이 희끄무레한 게 너무 칙칙해
보입니다.

'나는 붉은색이 잘 받는데. 입성이 이게 뭐람!'

영정 사진을 텔레비전 옆에 나란히 세워 놓습니다.

'저 얼굴로 문상객들을 지켜본단 말이지, 내가?'

자기 앞에 엎드려 절하는 사람들이 눈앞에 보이는 듯
합니다. 자신의 장례식에 온 기분이랄까, 기분이 묘해지
네요.

'더 환하게 웃어 줄걸 그랬나?'

포기 못해

텔레비전을 보는 봉 여사 눈길이 자꾸 옆에 놓인 액자 속 사진으로 향합니다. 뺨이 뽀얗고 깨끗한 게 도무지 자기 피부 같지 않거든요.

'사진 찍을 때 분도 안 발랐는데 어째 저리 깨끗하게 잘 나왔을까?'

뺨을 어루만지더니 슬그머니 화장대가 있는 안방으로 건너갑니다.

'정말 없어졌을까나?'

거울 가까이 몸을 당겨 찬찬히 얼굴을 살펴보는데요. 혹시나 했지만 주름이며 검버섯은 그대로네요.

'에구, 사진사가 뭔 조화를 부린 거여?'

이번엔 귀밑에 보이는 검버섯을 눈으로 따라가며 목을 길게 빼 보는데요. 좁쌀 같은 점들이 수두룩하게 돋아나 있습니다. 제일 신경 쓰이는 곳이지요. 그걸 가리려고 한여름에도 손수건을 매고 다닐 정도니까요.

'쯧, 이것들만 없어도 한결 나을 텐데.'

"레이저로 싹 지져 버려요!"

경로당 최고 멋쟁이 윤 씨가 알려준 방법. '싹 없앤다'는 말이 얼마나 통쾌하고 후련한지, 당장에라도 병원으로 달려가고 싶은 마음이 굴뚝같지만 근처에 피부과가 없으니 감행을 못하고 있지요. 그래서 사거리에 지어진 건물에 피부과가 들어오길 간절히 고대하고 있답니다.

언제는 한번 아들네 앞에서 운을 떼 보기도 했는데요.

"늙으니까 별게 다 생기네. 레이저 수술 한 방이면 싹 된다는데……."

"어휴, 누가 본다고 그래요. 나이 들면 다 생기는 거지."

아, 제일 듣기 싫은 말. 병원에 가도 죄다 그런 소리뿐입니다.

"할머니, 큰 문제는 없고요. 연세 드셔서 그래요."

그 소리를 들을 때마다 "이제 죽을 때가 됐어요. 그만 사세요"라는 말처럼 들리거든요.

'흥, 누가 늙은 줄 모르나! 맨날 그 소리.'

같은 여자니 혹시나 해서 며느리와 눈을 맞추려는데.

"레이저 한다고 한 번에 다 없어지는 건 아니에요. 다시 생기기도 하고요."

'이런, 같은 편인 줄 알았더니.'

평소 정장 한 벌 제대로 갖춰 입는 법 없이 운동화에 청바지만 내 걸치고 다니는 털털한 며느리.

'멋이라곤 모르는 애한테 괜한 걸 기대했네, 쩝. 괜찮아. 피부과만 들어오면 내 언제 싹······.'

거울을 보는데 이번엔 하얗게 센 머리가 눈에 들어옵니다. 유전인지 봉 여사는 남들보다 일찍 머리가 하얘졌는데요. 간에 안 좋다, 눈에 안 좋다 하는 얘기를 하도 많이 들어서 여태 염색은 아예 생각도 않고 살아왔지요.

'어쩜 흰머리만 좀 가려도 제법 젊어 보일 텐데.'

문득 언젠가 보았던 홈쇼핑 광고가 떠오릅니다. 여자 배우가 가발을 썼는데 분위기도 다르고 얼마나 근사해 보였는지.

'나도 이참에 가발이나 한번 써 볼까?'

오복의 영광

잠자리에 든 봉 여사. 신경이 온통 어금니 사이 틈새로 쏠려 잠을 이룰 수 없습니다. 뭐가 끼었는데 아무리 혀끝으로 핥아 봐도 소용없거든요.

'아이참, 귀찮아.'

하는 수 없이 일어나 양치질을 하는데 이쑤시개처럼 생긴 작은 칫솔로 아무리 빼내려 해 봐도 칫솔만 부러질 뿐 개운치가 않네요.

이 건강만큼은 자신해 왔는데 근래 몇 년 새 이에 문제가 자주 생기고 있어요. 지난해에는 멀쩡했던 이가 부러지는 바람에 임플란트도 해야 했지요. 처음 그것 때문에 병원을 찾았을 땐 은근 기대감도 있었답니다.

"의사 선생님, 이참에 묵은 이를 싹 빼고 모두 다 새로 해 넣으면 어떨까요?"

그 말을 들은 의사가 펄쩍 뛰며 손사래를 쳤어요.

"아이고, 어르신. 아무리 좋은 기술이 있어도 본래 자기 이가 제일입니다. 멀쩡한 이를 빼고 임플란트를 하는 그런

공격적인 치료는 안 해요."

결국 부러진 이 하나만 치료 받기로 했지만 하나라고 간단한 건 아니었어요. 거의 1년이나 치과에 드나들었으니까요. 부러진 자리에 남은 이를 빼고 아물기를 기다려 몇 달, 쇠를 박고 또 몇 달, 그 사이 잘 됐는지 검사 다니며 또 몇 달. 봉 여사는 그 과정보다 며느리가 더 신경 쓰였어요. 일로 바쁜 며느리를 번거롭게 하는 것 같아 눈치가 보였던 것이지요.

"어르신, 잇몸이 워낙 건강해서 빨리 아무는 편입니다."

그나마 그건 다행이었어요.

"와, 어머니 잇몸은 청춘인가 보다!"

며느리가 추켜세우는 것도 싫지 않았고요. 잇몸이 짱짱하다면 이도 그럴 터. 치료가 끝나자 모든 이를 새로 해 넣은 것처럼 든든했습니다.

근데 또 신경 쓰이는 곳이 생기고 말다니요. 이 틈새에 음식물 찌꺼기가 자꾸 들어가니 너무 거슬립니다.

'이 틈새를 싹 다 메워 버리면 좋겠구먼.'

사실 며칠 전 혼자 동네 치과를 찾아 견적을 받아 본 봉 여사. 다만 무슨 일이건 꼭 자신과 의논해야 한다고 못 박아 둔 아들 때문에 시도를 못 하고 있을 뿐이지요.

'내가 뭐 어린애야, 일일이 다 저랑 의논하게!'

불쑥불쑥 이런 생각이 솟다가도 이상하게 나이가 드니 어쩔 수 없이 점점 아들 눈치를 보게 됩니다.

"어렸을 땐 제가 어머니 말 들었잖아요, 어머니가 제 보호자니까. 이젠 제가 어머니 보호자니까 저랑 얘기하는 게 당연하지요."

이런 말을 들을 땐 든든한 한편 쓸쓸하기도 해요. 자신이 늙어 힘이 없다는 걸 실감하게 되니까요.

'나한테서 빠져나간 힘이 다 아들놈에게 가서 보태진 건가, 원.'

봉 여사는 치과 명함을 아들네 눈에 띄게 식탁에 올려두었어요. 그리곤 아들네가 왔을 때 슬쩍 떠봤지요.

"어멈 바쁜데 애쓰지 않게 내가 혼자 동네에서 치료해 보마."

나름 그럴듯한 명분이라 여기고 있는데 이번엔 며느리가 막고 나섰습니다.

"어머니, 이는 계속 치료 받았던 데 가서 하는 게 더 나아요."

그렇게 해서 지금은 며느리 시간 날 때 가 본다고 기다리는 중이에요. 그런데 며느리가 좀 바빠야 말이지요.

'언제 시간이 난다는 건지.'

기다리는 게 마냥 답답합니다. 그렇다고 딱히 아픈 것도 아닌데 재촉하며 유난을 떠는 것도 내키지 않고요.

'에휴, 옛말 하나 그른 것 없어. 역시 이가 오복인 거지.'

고단한
목요일

휴~ 삭신이
쑤시는
구나

천근만근

한참 전부터 창밖이 밝았는데도 봉 여사, 여태 이불 속에서 뒤척이고만 있습니다. 밤새 무릎이 아파 잠을 설친 탓인지, 몸이 천근만근.

또르르 베란다 하수관을 타고 물 흐르는 소리.

'비가 오려고 그랬나?'

몸은 늘 정확한 날씨 예보관이지요. 궂은 날씨가 찾아오기 직전엔 여지없이 뼈마디가 쑤시고 온몸이 물 젖은 솜마냥 축축 늘어지거든요. 아직은 일어날 마음이 들지 않아 천장을 향해 반듯하게 눕습니다.

'너무 무리했나?'

힘들어도 출근할 생각에 아침이면 힘을 냈는데 오늘은 다른 때보다 더 옴짝달싹하기가 싫네요.

'어제 요가를 너무 열심히 한 탓인가?'

가만히 누워 무엇 때문인지 이리저리 머리만 열심히 굴려 보는데요.

'오일장에 가는 게 아니었나? 차로 후딱 갔다 온 건데,

그 정도에?’

　고단한 이유를 찾자면 끝도 없습니다.

‘하기야 딱 지칠 때가 되긴 했지 뭐야.’

　아무리 월요일에 활기찼어도 한 주의 절반쯤 지날 땐 꼭 몸이 힘들다고 신호를 보냅니다. 평소보다 조금 더 움직였다 싶은 날은 그 정도가 심하고요.

‘어제 요가 수업에, 감자 정리도 하고, 오일장까지 갔다 왔으니……’

　꼼짝 않고 누워 있자니 갑자기 자리보전하고 누운 백살 노인네 같습니다. 죽음이 눈앞에 바로 들이닥친 듯 생생해지는군요.

‘몸이 바짝바짝 마르며 굳어 가다 목숨 줄이 한순간 툭 끊어질까?’

　마지막 순간을 그려 보려니 정말 숨이 막힐 듯 답답해져 오는데요. 반듯이 누워 있으니 기분이 더 야릇합니다. 마치 죽어 관 속에 누운 느낌이에요. 이대로 눈 감으면 잠을 자듯 스르르 죽음으로 빨려들 것만 같아요.

‘그렇게 가는 것도 좋지. 고통 없이 잠을 자듯 떠날 수 있다면.’

　먼저 세상을 뜬 언니가 떠오릅니다.

'몸뚱이가 쇠로 된 것마냥 무지막지하게 일만 하더니.'

젊어서 몸을 너무 많이 써서 관절이 다 녹아 버렸다던 언니. 눈 감기 전 10년을 독한 진통제로 버티면서 누워 지내야만 했어요.

'자식들한테 땅뙈기야 물려줬지만 죽을 때까지 고통만 받다 갔는데 그것도 잘 산 건지, 쯧!'

더는 듣는 약이 없어 고통으로 몸부림치던 언니 모습이 아직도 생생합니다.

'숨이 끊어지기 전까지 나도 그렇게 아프면 어떡하나?'

얼마나 아플지 가늠해 보려다 부르르 진저리를 칩니다.

'근데 난 지금 그렇게까지 아픈 건 아니잖아?'

순간, 출근 생각이 떠올라 이불을 확 걷어 젖힙니다.

"죽을 때 죽더라도 우선 당장은 출근을 해야지, 암!"

어느새 마음에 반짝 불이 켜집니다.

'아직 괜찮아, 내 몸!'

삶과 죽음이 뒤섞여

경로당 점심 준비가 거의 됐을 때 조문 갔던 일행이 돌아옵니다. 양손에 검은 봉지를 잔뜩 든 채.

"언니, 큰 접시들 꺼내요. 상 가운데 차려 놓고 다 같이 먹게요."

부회장 정 씨가 봉지 안에서 은박지로 싸인 것들을 꺼내 놓고, 봉 여사가 그걸 풀어 여러 접시에 나눠 담는데요. 떡, 순대, 삶은 고기, 과일까지 한가득이에요.

"그 집 며느리, 참하고 싹싹하대요. 이거 다 그이가 싸준 거예요. 경로당에서 나눠 먹으라고."

봉 여사가 담아 놓은 것을 윤 총무가 가지런히 모으며 말합니다. 모두들 모여들어 상을 편다, 음식을 나른다, 부산스럽네요. 순식간에 점심상이 차려집니다. 평소와 달리 차려진 것들을 보자 잠시 작은 탄성도 새어 나옵니다.

"자, 다들 앉으시고요, 백 영감님 잘 가시라고 잠시 인사 좀 합시다."

모두 고개를 숙이자 잠시 조용해지는 경로당 안.

"자, 여기 차린 건 백 영감님이 보낸 것이라 생각하고 잘 들 먹읍시다!"

회장 말이 끝나자마자 달가당달가당 수저 소리가 요란해집니다.

봉 여사도 순대 한 점 집어 입에 넣어 보는데요. 당면이 아니라 찹쌀을 써서 제대로 만들어 감칠맛이 있습니다.

그때 누군가 입 안에서 음식을 우물거리며 말합니다.

"이렇게 챙기는 자식도 있고, 참 복 많은 어른이구만."

죽은 이 얼굴이 얼핏 떠오릅니다.

"암, 좋은 데로 가셨을 거라."

"그렇지. 덕분에 우리도 이렇게 맛나게 먹어 보고."

한마디씩 보태느라 떠들썩해지면서 잔칫상 받은 손님들처럼 흥이 오릅니다.

"고기를 딱 알맞게 삶았네."

"이런 고기는 왜간장 말고 조선간장에 찍어 먹어야 제맛인데."

"부회장님, 우리 조선간장 있지 않아요?"

"예, 있어요. 가져올게요."

간장 종지 서너 개가 상 곳

곳에 놓입니다.

"햐, 이 맛이지. 역시 조선간장이네."

누군가 목소리를 높이자 너도나도 고기를 집은 손들이 간장 종지로 향하고, 봉 여사도 간장에 콕 찍은 고기를 입에 쏙 넣어 봅니다. 역시 예전 잔치에서 먹던 바로 그 맛 그대로네요.

이제 누구도 세상 떠난 이를 입에 올리지 않는군요. 고기에서 간장 맛으로 옮겨 간 이야기는 옛날 잔치에 대한 추억으로 흘러가고, 이야기를 따라 한층 높아진 목소리로 경로당 안에 활기가 넘칩니다. 삶과 죽음이 버무려진 밥상.

봉 여사는 자신이 이승을 떠난 뒤 모습을 떠올려 봅니다. 자기를 기억하는 사람들도 이렇게 모두 모여 흥겹게 보내면 좋을 것 같은데요.

'그럼 나도 훌훌 저승으로 떠날 수 있지 않을까나.'

이리 웃으며 기분 좋게 보내 주니 아마 죽은 영감도 마음 편히 떠났을 것 같습니다.

'잘 가시우. 부디 좋은 곳으로.'

양로원 홍보

한가한 오후, 갑자기 경로당 안이 봉사하러 온 사람들로 떠들썩해집니다. 무슨 구경거리인가 싶어 남은 사람들이 빙 둘러앉는데요.

"안녕하세요? 어르신들! 오후 시간에 적적하실까 봐 저희가 레크리에이션 봉사 나왔어요."

'레크리송?'

봉 여사 눈에 호기심이 반짝.

"이런 말 있죠, 웃으면 뭐가 온다?"

"복!"

누군가 크게 외칩니다.

'그렇지. 웃으면 복이 오지.'

자신을 웃음강사라고 소개한 이가 마이크를 잡더니 따라 하라며 박수 소리에 맞춰 큰 소리로 웃어 대는데요. 그 흉내를 내느라 여기저기서 웃음이 절로 터져 나옵니다. 평소 웃음소리 날 일 없는 경로당 안에 박수 소리와 웃음소리가 흘러넘치네요.

덕분에 봉 여사도 배가 아플 지경으로 마음껏 웃어 보는데요.

'늙으니 이리 웃는 게 얼마나 드문 일인지 몰라. 한창땐 입맛 뻥긋해도 그렇게 뒹굴어 가며 웃어 댔는데 말이야.'

강사는 박수를 웃음으로 이끌더니, 웃음은 노래로, 노래는 게임으로 정신 줄을 쏙 빼놓습니다. 그렇게 한참 분위기를 고조시키더니 마이크를 자기 일행 중 제일 나이 많은 여자에게 넘기는데요.

"오늘 즐거우셨지요?"

그때 뒤쪽 벽에 걸린 큰 텔레비전 화면이 켜지더니 웬 방들 모습이 나타났어요.

"요 가까운 곳에 저희 노인요양시설이 얼마 전 문을 열었어요. 직접 초대해 보여 드리고 싶은데 번거로우실까 싶어 이렇게라도 소개해 드리고 갈게요."

여자가 화면을 보며 이런저런 설명을 하네요.

'뭐여, 양로원? 늙은 부모 갖다 버리는 데 아냐?'

봉 여사, 기분이 확 구겨집니다.

'한창 흥이 올랐는데 양로원이 뭔 말이야!'

크게 속은 기분이에요. 평소에 양로원이란 데야말로 천하에 몹쓸 곳이라 여기고 있던 차였거든요. 자식들이

다 죽어 가는 제 부모를 갖다 버리는 곳이라고요.

'부모가 피땀으로 키워 놓았는데 늙어 병든 부모를 정성으로 수발할 일이지, 갖다 버리다니. 천벌 받을 일이야, 아무렴.'

행여 자신도 그런 곳에 보내지는 노인들과 같은 취급을 받을까 싶어 양로원 얘기는 아예 귀에 넣고 싶지 않은 봉 여사. 자신과는 무관한 곳이지만 얘기를 듣는 것만으로도 왠지 께름칙한 기분이에요.

"그런 곳 갈 지경이면 난 혀 깨물고 콱 죽어 버릴 거다!"

아들네에게도 선명하듯 분명히 못을 박아 두었어요.

'근데 내가 치매라도 걸리면? 영 정신없는데 그런 곳에 갖다 버리면 어쩔 도리가 없지 뭐야.'

갑자기 죽음보다 치매가 더 무서워집니다. 그런 생각을 떨쳐 보려 세차게 고개를 흔들어 보는데요.

'웃고 손뼉 친 보람이 없구먼.'

웃으면 10년은 젊어진다는데 오늘 번 그 10년을 양로원 얘기 때문에 홀랑 까먹어 버린 것 같아 아쉽기만 합니다.

내가 만일

"이거 하나씩 받아요."

총무 윤 씨가 경로당 회원들에게 작은 봉지를 하나씩 건넵니다.

"아까 봉사 왔던 그 양반들이 주고 간 간식이에요."

봉지 안에 조그만 빵, 양갱, 사탕 몇 개가 양로원 홍보 전단지와 함께 들어 있네요. 봉 여사는 내키지 않아 잠시 망설이다가 별스럽다 할까 봐 아무 말 않고 받아 들었어요. 속으론 그들을 불러들인 회장이 좀 원망스러운데요.

"근데 회장님은 어디 가셨나? 아까부터 안 보이던데."

봉 여사 물음에 부회장 정 씨가 무심히 대답합니다.

"회장님? 아, 마나님 만나러 요양원에 가셨어요."

"지극정성이구만. 그럴 거면 왜 보냈어. 그냥 집에 같이 있지."

박 씨가 남은 간식 봉지를 하나 더 슬쩍 집으며 투덜거렸어요. 그걸 본 봉 여사, 어제 박 씨와 치렀던 난리가 떠올라 입술을 꽉 깨물고 모른 체합니다.

"오죽했으면 보냈겠어. 자리보전하고 누웠는데 그 수발을 어떻게 다 해."

"그런 마누라 뭐 예쁘다고 열심히 보러 간대. 고생만 죽어라 시켰구먼."

박 씨가 또 입을 비죽거려요.

"그런 소리 말아요. 회장님이 얼마나 마나님 생각을 하는데. 움직이질 못하는 거지 정신은 멀쩡하니까, 거기 있으면서도 이것 해 와라, 저것 해 와라, 그 심부름이 만만치 않은가 봐. 그걸 다 해 주잖아요."

옆에서 듣던 봉 여사, 얼굴도 모르는 회장 마누라가 살짝 부러워집니다.

'양로원에 갔어도 그 여편네, 남편 복은 있구먼. 남편한테나 그러지, 자식한텐 그러지 못 할걸?'

자신도 자식에겐 절대 그런 고생을 시키고 싶지 않거든요.

"그 정도 되면 살아도 산 게 아닌 것 같을 건데."

"아유, 그래도 남편이 있어 살뜰히 챙겨 주면 난 더 살 맛 날 것 같은데."

정 씨는 혼자된 지 얼마 되지 않았어요. 그래서 정답게 사는 부부를 늘 부러워하지요. 단짝인 윤 씨가 나섭니다.

"또 그러네. 평생 지지고 볶고 살았으면 그만이지 뭘 미련이야."

"그러게. 아침저녁 영감 밥 챙기는 것만도 지겨운데."

옆에서 박 씨도 한마디 거드네요. 그이 남편 되는 김 영감은 마누라와 달리 아주 조용한 이예요. 밥 때만 슬그머니 경로당에 나타나 밥만 먹고 금세 사라지지요. 누구도 그 영감 얼굴을 제대로 본 적이 없을 정도예요.

'그리 조용한 영감이 저리 우악스런 마누라와 평생 사는 것도 참 희한한 일이야.'

"평생 같이 살았으니 더 생각나는 거지. 열아홉부터 50년을 서로 의지하며 살았는데 하루아침에 싹 잊는 게 더 이상한 거 아냐?"

먼저 간 남편이 떠오르는지 정 씨 목소리가 촉촉해지네요. 혼자 산 세월이 긴 봉 여사도 오손도손 의지하며 늙어 가는 부부가 부럽기는 마찬가지.

'근데 한 사람이 먼저 아프면? 기력이 없는데 아픈 영감 병수발까지? 서로 위로가 될지, 아니면 짐일지……'

백년해로는 부럽지만 그것도 다 건강할 때 일이다 싶어집니다.

'몸 성할 때나 부부지. 죽기 전에 이미 남남이 되기도

하잖아? 영감은 자식네로, 마누라는 요양원으로. 죽어 가
도 서로 잘 가란 인사나 제대로 할 수 있어, 어디?'

봉 여사, 왠지 그건 더 쓸쓸한 일인 것만 같습니다.

뭐든 자랑이지

"김 씨가 오늘 안 왔대."

경로당에 남은 이들끼리 명태포를 손질하는데 부회장 정 씨가 슬쩍 얘기를 꺼냅니다.

'침은 왜 뱉어 갖고. 저도 낯짝이 있으니 못 오지.'

봉 여사는 어제 그이와 박 씨의 싸움을 떠올립니다.

"동네 창피하게 경찰까지 부를 건 뭐야."

"박 씨가 좀 우악스러워? 싸움을 말릴 도리가 없으니 별 수 없지 않아?"

"박 씨야 원래 그렇지만 김 씨는 막 나가는 사람이 아닌데 어젠 왜 그랬는지 몰라."

"아휴, 평소에도 잘난 체 나서는 건 잘하잖아."

"저도 부끄러웠나 보네. 오늘 안 온 거 보면."

"그러게. 박 씨는 아무렇지 않게 와서 밥만 잘 먹던데."

"그새 쌩 갔네? 병 주우러 갔나?"

박 씨는 아파트 단지며 동네를 돌며 빈 병을 주워 팔아 용돈 벌이를 합니다. 그게 얼마나 되는지 입만 열면 자기는 그 돈 모아 아파트를 샀다고 자랑이 아주 늘어지지요. 물론 어디까지 믿어야 할지 몰라 다들 듣고 한 귀로 흘리고 말지만요.

그때 문이 드르르 열리며 김 씨가 안으로 들어섭니다. 옆구리에 책을 끼고, 한손엔 봉지를 든 채.

'아이구야, 호랑이도 제 말하면 온다더니.'

봉 여사, 미운 마음에 김 씨를 못 본 척 명태포로 얼굴을 돌립니다.

"형님 오셨네. 왜 밥 먹으러 안 오셨대?"

"나? 더 맛난 거 먹고 왔지. 우리 아들이 점심 사 줘서 아주 잘 먹고 왔어."

김 씨는 둥그렇게 둘러앉은 무리 안에 끼어 앉는데요.

"이거 잡숴 봐. 우리 아들이 나눠 먹으라고 사 줬어."

오일장에 가면 한 바가지씩 담아 파는 과자예요. 마지못해 다들 하나씩 집어 입에 넣고는 오도독 씹어 봅니다.

"생강 맛이네. 잘 먹을게요. 우리 먹을 것까지 챙기고, 효자 아들이네."

늘 사람 좋은 정 씨가 먼저 인사치레를 합니다.

"우리 아들이 어른한테 참 잘해. 다 집안 내력인가 봐."

'무슨 내력이야. 경찰까지 출동하게 싸우는 어미 보고

뭘 배웠겠어.'

목구멍까지 올라온 말을 삼키느라 봉 여사 입이 비죽이 나오는데요. 그때 김 씨가 옆구리에 끼고 온 책을 앞으로 내밉니다.

"이게 뭐예요? 족보 아네요?"

윤 씨가 팔락팔락 책장을 걷어 보며 말합니다.

"아들이 종친회 간사야. 글쎄, 아들이 맡아서 이 족보를 만들었다네. 우리 집안에 대대로 높은 사람이 많았어. 공부한 사람도 아주 많고."

'아이고, 밉상일세. 이제 족보까지 갖고 와 자랑질이야.'

봉 여사 심기가 더 삐죽이 솟아나네요. 입 안에 넣은 과자가 모래를 씹는 것마냥 서걱거립니다.

오도독오도독 과자 씹는 소리와 함께 김 씨가 늘어놓는 자랑만이 경로당 안을 굴러다닙니다.

간식

집에 돌아온 봉 여사, 전화기만 한참 바라보고 있습니다. 전화기로 손을 뻗다가 거두기를 여러 번.

'아이고, 그깟 과자 갖고 으스대기는.'

아들 자랑이 늘어지던 김 씨. 그 꼴도 보기 싫은데 그 아들이 보낸 과자까지 얻어먹었으니 왠지 그 자랑을 인정하는 것만 같아 속이 쓰린 거지요.

'이제 나도 한 번 낼 때가 됐어. 흠, 며느리한테 말해 볼까? 그냥 내가 사 갈까?'

경로당에는 자식들이 보낸 간식이 종종 들어옵니다. 과일이나 떡, 빵, 과자 같은 것이지요. 그러면 모두들 맨입으로 먹는 게 아니라 효성 깊은 자식을 두었다고 한마디씩 말로 부조를 하는데요. 그럼 얼마나 낯이 서는지. 부모에겐 자식이 곧 훈장이니까요.

지난주에는 그렇게 사람들의 뒷말을 듣는 박 씨마저 딸이 보낸 찐빵 한 상자 덕에 '효심 깊은 딸을 기른 어머니'가 됐지 뭡니까. 입이 귀에 걸리던 박 씨가 떠오릅니다.

"그 여편네가 효성 깊은 딸은 무슨, 참나!"

두 달 전 수산시장에서 일한다는 윤 씨 아들도 조기를 한 상자 보내왔더랬지요. 그때도 조기가 밥상에 올라올 때마다 얼마나 그 아들 칭찬이 늘어졌던지.

'아이고, 그놈의 공치사. 지겨워라.'

그러면서도 한편으론 한없이 부러웠던 봉 여사예요. 어쩌면 그 때문에 더 윤 씨에게 질투가 나는지도 모를 일입니다. 그 아들 아니어도 윤 씨에게는 내세울 일이 얼마나 많은지. 일본에 사는 딸네와 손자가 그리 잘한다고 입만 열면 자랑이니.

'우리 아들도 효자인데. 매일 아침저녁 안부 전화도 하고, 토요일마다 찾아와 밥도 같이 먹고, 심부름 잘해 주는 착한 며느리도 있고. 딸도 열심히 살고, 또 손자고 손녀고 얼마나 착해. 근데……'

그 모든 걸 보여 줄 수 없다는 게 고민입니다.

'이럴 때 며느리가 간식을 사 와 주면 딱인데.'

아무래도 자식이 보내야 더 대접 받을 것 같은데요. 전화하면 며느리가 금세 사 오겠지만 자신이 먼저 전화해서 시키는 게 영 탐탁지 않아 망설이고 있지요.

'내가 며느리한테 이래라저래라 경우 없이 구는 노인네

는 아닌데 말이야.'

한참 전화기를 노려보던 봉 여사. 드디어 결심한 듯 수화기를 들고 목소리를 가다듬어요.

"아, 어머니! 무슨 일 있으세요?"

안부 전화는 거의 아들과 하는 터라 며느리에게 직접 전화를 거는 건 드문 일. 그 때문인지 며느리가 조금 놀란 모양이에요.

"아니다, 아냐. 너 요번에 목 아프다던데 어떠냐?"

며느리는 말을 많이 하는 직업이라 평소에도 목이 쉴 때가 많습니다.

"괜찮아요. 늘 있는 일인데요, 뭘. 그것 때문에 전화하셨어요?"

"응. 나도 경로당에서 잘 먹고 잘 지냈어."

"아, 뭐 맛있는 거 해 드신 거예요?"

"아니, 김 씨 아들이 간식을 보냈어. 자꾸 그렇게 간식이 들어와."

"아, 예."

"자식들이 보내 주면 맛있게 나눠 먹고 그래. 조기도 보내 줘서 끼니때마다 잘 먹었어."

"네."

전화를 끊고도 봉 여사, 오래도록 전화기 앞을 떠나지 못합니다.

'괜찮아. 간식 말은 입도 뻥긋 안 했잖아? 며느리 잘 있나 궁금해서 전화한걸, 뭐.'

이웃

딩동 하고 좀처럼 울리는 법이 없는 현관 초인종이 울립니다.

'해가 다 졌는데 누굴까?'

낯선 사람이 오면 살짝 겁부터 나는 봉 여사. 현관문 앞에서 잠시 망설입니다.

"누, 누구요?"

"옆집이에요."

가끔 마주치면 인사 나누는 새댁 목소리. 시골에서 보낸 거라며 고구마나 과일 같은 걸 종종 줘서 받아먹은 적이 있지요. 문을 여니 이번엔 떡 접시를 들고 서 있네요.

"오늘 아기 백일이에요. 백일 떡은 나눠 먹어야 좋은 거래서……."

"아이고, 벌써 백일이구나. 이걸 어째, 난 몰랐네."

"그냥 조용히 아이 사진만 찍어 주고 그랬어요. 잔치를 한 게 아니고."

"고마워요, 잘 먹을게."

떡 접시를 받아 들자 마음이 환해집니다.

'이웃이라고 내게도 백일 떡을 다 챙겨 주다니!'

처음 이사 왔을 때만 해도 봉 여사는 이웃들과 잘 지내고 싶었습니다.

"내가 닭 기를 땐 무리에 다른 닭을 처음 집어넣으려면 '잘 부탁합니다' 하고 인사부터 시키고 넣었다. 난 그랬어. 짐승도 그러는데 사람은 말해 뭐하냐."

그런 뜻을 헤아린 며느리가 떡 한 상자를 해 왔고, 봉 여사는 직접 떡을 돌리며 인사하러 다녔어요. 물론 같은 복도를 쓰는 열 집에 위층과 아래층까지 일일이 인사하며 떡을 돌리는 게 쉽지는 않았지요. 사람이 없어 여러 번 다시 가거나, 사람이 있어도 기분 상하는 경우가 많았거든요. 떡만 받고 인사도 없이 쌩하니 문을 닫아 버리기도 했고, 안에 있으면서 문을 안 열어 주기도 했어요. 닫힌 철문에다 대고 왜 왔는지 소리치다 보면 얼마나 비참한 생각이 들던지.

'아니, 사람한테 이런 법이 어디 있대? 내가 뭐, 밥 얻으러 온 비렁뱅이야?'

더 놀란 건 인사차 이사 떡 주러 왔다는 말에 "그런 거 안 먹어요!"라고 쏘아붙이며 끝까지 문을 안 열어 준 집이

었는데요. 인사하는데 면전에서 거절당하기는 난생 처음
이라 그 충격이 정말 오래갔더랬지요.

'이곳은 사람 살 데가 아닌 거 같다.'

평생 대문 열어 두고 너나없이 정겨웠던 옛 동네 이웃
들이 한없이 그리웠어요. 음식 냄새가 담을 넘으면 그냥
넘어가는 일 없이 조금이라도 함께 나누며 살았거든요.

‘사람이 떼로 모여 살면 뭐 해! 서로 알은체를 안 하니 이게 감옥이지 뭐야.’

그런데 지난해 이사 온 옆집 젊은 부부는 달랐어요. 오가다 마주치면 먼저 꼬박꼬박 인사를 하는 거예요. 한번은 현관문이 안 열려 복도에서 애를 태우는데 그 집 남편이 지나가다 보고 공구에 건전지까지 가져와 고쳐 주었지요. 새댁도 시골집에서 보낸 거라며 종종 푸성귀나 과일 따위를 주곤 했고요.

‘원, 고맙기도 하지. 요즘 세상에 늙은이한테 이리 마음 쓰는 젊은 사람들이 어디 있어.’

그래서 새댁이 아기를 낳았단 소식을 들었을 땐 봉 여사도 과일 한 상자를 보내 그 고마움을 전하기도 했답니다.

'가만있자, 아기 백일 떡은 그냥 먹는 게 아니지.'

봉 여사, 봉투를 찾아 지폐를 몇 장 담고 이웃집으로 건너갑니다.

공짜의 유혹

따르릉, 아들의 전화입니다. 아침저녁으로 하루 두 번, 꼬박꼬박 걸려 오는 안부 전화. 하는 얘기는 늘 똑같지요.

"어머니, 오늘은 어떻게 지내셨어요?"

대답으로 경로당 이야기를 날마다 전합니다. 그러다 전날과 조금이라도 다른 소식이 있으면 흥분해서 절로 목소리가 높아지지요. 오늘은 이웃집 백일 떡 이야기로 통화가 길어지네요. 대화 거리가 다 끝나면 마지막에 아들이 묻는 말.

"이제 뭐 하세요?"

순간, 봉 여사가 당황합니다.

'얘기를 해, 말아?'

평소엔 지금 보고 있는 텔레비전 얘기나 일기 쓸 일, 몇 시에 잘 건지 말하고 끊으면 그만인데 오늘은 떳다방에 갈 거라 살짝 고민이 됩니다. 두어 시간쯤 집 비운 사이에 혹여 아들이 전화하면 낭패니까요. 연락이 안 되면 아들은 한달음에 달려와 자기를 찾을 테고, 그러다 집에도 없는 걸 알면 더 큰 난리가 나지 싶은 거지요. 잠들어 전화를 못 받았을 때마다 몇 번이나 그런 소동이 있었거든요. 눈치가 보이지만 아무렇지도 않은 척 슬쩍 흘려 봅니다.

"뭐 심심해서 잠깐 놀다 올까 하고."

"어머니! 또 거길 왜요!"

갑자기 커진 아들 목소리에 깜짝 놀란 봉 여사, 덩달아 소리를 높입니다.

"왜! 심심풀이 삼아 가는 건데!"

"놀다만 오는 게 아니잖아요! 거기서 쓸데없이 뭘 사니까 그런 거죠!"

어제 사 놓은 아들 속옷이 생각나 뜨끔.

"사긴 뭘 사? 난 그냥 구경만 한다, 구경만! 아휴, 다른 사람들은 얼마나 사 대는데!"

"남이야 얼마를 사든 그게 뭔 상관이에요! 어머니가 문제지!"

순간, 봉 여사 심기가 틀어집니다.

"너도 집에만 있어 봐라. 얼마나 시간이 긴지. 거기 가면 손뼉 치고 웃으니 건강에도 좋고, 밤에 잠은 또 얼마나 잘 오는데!"

말하고 보니 가야 할 이유가 제법 그럴 듯해 보입니다.

'맞아. 잠 못 자는 것도 고치잖아. 젊은 것들이 어떻게 알아, 잠 못 자는 괴로움을.'

잠시 아무 말이 없는 아들. 한결 누그러진 목소리예요.

"그럼 약속하세요. 절대 아무것도 안 산다고."

"그럼, 그럼. 난 그냥 구경만 할 거다. 알지, 알아. 그거 다 사기란 거 옛날에 다녀 봐서 잘 알지."

아들의 허락이 떨어지자 금세 봉 여사 마음이 부드러워집니다.

"어머니, 옛날에도 얼마나 많이 사셨어요. 다 쓸데없는 거였는데."

"나도 이제 안다고. 끊자, 시간 다 됐다."

딸깍. 허락을 받자 떳떳하니 마음이 개운합니다.

'오늘은 뭘 받으려나? 맨날 라면 주는 날만 가서, 원.'

찹쌀 봉지를 받으면 좋겠다는 기대가 슬쩍 솟아납니다.

'그게 다 공짜인데 가지 말라고? 안 될 말! 주인 없는 걸 안 줍는 바보가 어디 있다니.'

봉 여사, 재빠르게 옷을 걸치고 나갈 채비를 합니다.

'혹시 모르니까 지갑은 챙기고.'

건강을 삽니다

집에 돌아온 봉 여사, 잠자리에 누워도 여흥이 가시지 않네요. 오늘은 큰맘 먹고 녹용 액을 샀거든요. 아들에겐 절대 안 산다고 했지만 어차피 지키겠단 마음으로 한 약속은 아니니 크게 개의치 않습니다.

'나 좋자고 산 게 아니잖아. 내가 건강해야 저들도 편할 거 아냐?'

요즘 들어 자신의 기력이 전만 못한 것 같습니다.

'오늘 아침만 해도 그래. 얼마나 힘들어 했어, 내가. 아침마다 벌떡벌떡 일어나 출근하던 난데.'

이러다 덜컥 쓰러져 영영 자리보전하게 될지도 모를 일이니 뭔가 대책이 필요하단 생각을 하던 차였어요. 근데 오늘따라 마침 녹용 액을 파는 거예요. 그러니 주저 없이 샀던 것이지요.

'이제 나도 보약을 먹어야 할 때가 된 거야. 아무렴.'

경로당 벗들에 비하면 자신은 몸에 너무 무심한 것만 같은데요.

'다들 건강을 챙긴다고 얼마나 돈을 펑펑 써 대는데. 나처럼 맨몸으로 견디는 사람도 없지.'

자신은 건강 타령만 하는 극성스런 노인네들과는 다르다고 여기고 있지요.

'나야 자식들 위해 살았지, 날 위해 살았나? 내가 건강해야 자식들 고생 안 시키지.'

얼마 전엔 경로당에서 또래인 할멈에게서 굿 얘기까지 들었는데요. 몸에 기운도 없고 여기저기 아파 오자 죽을까 봐 겁이 났다는 그 할멈.

"젊을 때 죽을 뻔했는데 굿을 해서 살아났거든. 이번에도 5백만 원 들여서 굿을 했더니 이렇게 팔팔하게 살아난 거야."

그 말을 들었을 때 속으로 얼마나 그 할멈을 비웃었는지 모릅니다.

'아니, 아흔 노인네가 아픈 게 당연하지, 그렇다고 굿을 하다니! 어리석기는.'

솔직히 봉 여사도 젊었을 땐 그런 말에 넘어간 적이 있었어요. 예순이 가까워질 무렵 한쪽 머리만 쪼개질 듯 아픈 거예요. 참다못해 용하다는 무당을 찾아가 당시 돈으로 거금을 들여 굿을 했더랬지요. 처음엔 정말 씻은 듯 나은 것 같더니 며칠 뒤 다시 도루묵. 그 뒤론 다신 그런 델 찾지 않았답니다.

'예전에야 먹고사는 것이 급해 여자들이 자기 몸 챙길 여력이 있었나, 어디? 그저 침이나 맞고, 약초 달여 먹거나, 무당을 찾는 정도였지. 그러니 몸이 다 상했지. 늙어서 안 아픈 데 없고.'

하지만 요즘 세상은 몸에 좋은 게 넘쳐납니다. 그러니 노인들은 어려운 시절에 못 먹은 걸 지금이라도 벌충하려는 듯 경로당에 모이기만 하면 온갖 몸에 좋은 것들 얘기를 쏟아 내지요. 녹용, 홍삼, 하수오, 노니, 복분자, 새싹보리, 흑마늘 등등 끝이 없어요. 아픈 걸 싹 고쳤다는 병원도 부지기수.

'좋은 세상이야. 기술 좋고 몸에 좋은 것 천지니 천년만년 살 수 있을 것 같네.'

그 많은 것들이 유혹을 해도 자신만은 맨몸으로 버티고 있다고 철썩같이 믿는 봉 여사. 그런 자신이 어쩌다 한번 녹용을 샀을 뿐이니 정말 잘한 일이라고 스스로를 거듭거듭 안심시킵니다.

'괜찮아. 다 자기들 위한 건데, 설마 뭐라 그러겠어?'

무사한
금요일

에고~
오늘도
고생했다
내다리

체험 않는 체험학습

봉 여사, 옷을 고르느라 한참동안 거울 앞에서 분주하네요. 오늘은 경로당에서 체험학습 가는 날. 오랜만에 가는 나들이라 좀 더 신경 써서 입고 싶은데요. 이 옷 저 옷 대보다 자잘한 흰색 꽃무늬가 있는 분홍색 블라우스를 고릅니다.

'이게 화사하니 제일 나은데.'

하지만 아무래도 체험활동을 하다 보면 옷을 버리게 될까 봐 망설여지는데요.

'그럼 마음 편히 만들지도 못할 텐데…….'

한참 거울 앞을 못 떠나더니 결심한 듯 블라우스 위에 반짝이가 점점이 박힌 진한 남색 조끼를 겹쳐 입습니다. 그리고 주방으로 가 앞치마를 챙겨 가방에 집어넣는 걸로 고민 끝.

오늘 체험은 고추장 만들기예요. 평생 장 담가 먹고 산 노인네들을 불러 놓고 가르치겠다는 걸 보면 뭔가 특별한 비법이 있을 거란 생각에 내심 기대가 큰데요.

'어떤 새로운 방법이 있을라나?'

뭐든 배우는 걸 좋아하는 봉 여사는 배운 건 꼭 시도해 봐야 직성이 풀리지요. 장아찌 담글 때도 설탕 대신 사이다나 감미료를 쓴다는 걸 들으면 꼭 실험을 감행해 보거든요. 그때마다 그 맛을 품평해야 하는 아들은 매번 볼멘소리를 하지만요.

"원래 어머니 방식이 제일 낫다니까요!"

하지만 누구도 봉 여사의 호기심과 실험 정신을 막지 못하지요.

오늘도 기대에 찬 봉 여사, 나들이용 모자를 눌러쓰고 집을 나섭니다. 단지 앞에는 벌써 대형 버스가 도착해 있네요. 다른 단지 노인회도 함께 가는 것이라 도우미 인솔지도 두 명이나 되고요.

"어머님! 오늘따라 더 멋쟁이시네!"

도우미의 인사에 봉 여사 마음이 활짝 피어납니다.

버스는 시내를 벗어나고도 한참을 달려 한적한 시골에 도착합니다.

"아이고, 시원하다!"

"공기도 좋구먼!"

버스에서 먼저 내리는 이들이 저마다 한마디씩 보태는군요. 사방이 탁 트인 들판 가운데 이층 높이의 건물이 들어서 있습니다. 울창한 나무들이 울타리처럼 둘러쳐진 너른 마당엔 셀 수 없이 많은 항아리들이 가지런히 줄지어 있고요. 콧속으로 구수한 된장 냄새가 훅 밀려듭니다. 메주 띄우고 장 만들던 시절이 떠오르는 익숙한 풍경과 냄새예요.

건물 안으로 들어서자 그곳 안내자가 맞이하며 자기 회사에 대해 대강 설명합니다. 일행은 듣는 둥 마는 둥 이리저리 둘러보며 지나갑니다.

설명이 끝나자 큰 강당 같은 곳으로 이끌려 들어서는데요. 긴 책상을 마주하고 양옆으로 나란히 앉습니다.

'흠, 이제 만들기 시작할 건가 보네.'

봉 여사는 잔뜩 기대하며 집에서 챙겨 온 앞치마를 꺼내 입어요.

강사가 앞으로 나와 인사한 뒤 재료 설명을 이어 갑니다. 강사 양 옆으로 인솔자로 온 도우미 두 명도 나란히 서고요. 강사가 만들기 과정을 설명하며 진행하자 옆에 선 도우미 둘이서 따라 합니다.

봉 여사 기대와는 달리 고추장 만들기 시범은 별 게 없습니다.

'메줏가루고 엿물이고 죄다 파는 것 가져다 간단히 섞기만 하는구먼. 그걸 뭐 대단한 거라고 사람들까지 모아 놓고 가르치는 거야?'

좀 시시한 느낌이에요. 자신이 며느리에게 가르치는 것보다 못하다는 생각이 드는데요.

'엿물도 직접 끓여야 제대로지. 그게 다 정성인데.'

그러면서도 목을 길게 빼고 호기심 어린 눈으로 과정을 지켜보는 봉 여사. 고춧가루에 엿물을 섞어 걸쭉해진 걸 보고 있자니 직접 뒤섞고 싶어 손이 근질근질.

'체험은 언제 시작하려나?'

기회를 봐서 조청은 직접 끓여서 만들어야 고추장 맛도 깊고 좋다고 귀띔해 줄 생각을 하는 차에.

"자, 오늘 체험행사는 이것으로 마치겠습니다."

잘난 척하기는

체험학습에서 돌아와 경로당에서 쉬고 있는데 봉 여사에게 떡 상자가 배달됩니다.

"며느님이 보냈나? 이거 할머니 앞으로 배달 왔어요."

체험장에서 먹은 비빔밥이 다 꺼질 무렵이라 다들 간식 소식에 반색하네요.

'역시 우리 며느리야, 눈치가 빨라.'

봉 여사, 휴대폰을 꺼내 들고 다들 들으라는 듯이 큰 소리로 통화를 합니다.

"아유! 뭘 이런 걸 다 보냈냐! 떡이면 됐지, 음료수까지!"

말은 그렇게 했지만 어깨에 힘이 들어가는 건 어쩔 수 없네요. 딱 적당한 시간에 배달된 것도 그렇고.

"며늘애가 떡을 보냈네. 인절미랑 송편, 두 가지나. 목 멘다고 음료수도 같이."

봉 여사가 상자 안에서 먹기 좋게 포장된 떡을 열어 보이며 흐뭇해합니다.

"아유, 고루고루 신경을 많이 썼네."

"좋으시겠다. 이런 며느리 둬서."

"그니까, 그렇게 착하대요."

둘러 앉아 떡을 먹으면서 다들 한마디씩 보태는데요. 봉 여사 마음이 행복으로 둥실 부풀어 오릅니다.

그때 벌떡 일어서는 멋쟁이 윤 총무. 빨간 블라우스에 여기저기 금붙이가 반짝반짝. 귀에도 목에도 손에도 화려하기 그지없네요.

"이렇게 기분 좋을 때 풍류가 빠지면 안 되지요. 제가 시 한 가락 뽑겠습니다!"

떡을 먹던 이들이 다소 뚱한 표정으로 올려보며 손뼉을 칩니다.

'어이구, 또 시작일세. 잘난 척도, 원!'

윤 씨가 시를 읊는다고 나설 때마다 봉 여사 마음엔 가시가 돋는 기분이에요. 시 쓰는 할머니라고 방송에도 나온 윤 씨. 툭하면 경로당 사람들 앞에서 자기가 쓴 시를 읽어 준다고 시도 때도 없이 불쑥불쑥 나서요.

윤 씨는 흠흠, 목소리를 가다듬더니 가늘게 빼고 읊기 시작합니다.

"눈 감으면 고향 생각. 꿈속에서 다시 볼까 아득한 산천, 그리운 얼굴 생각나……."

두 눈을 지그시 감고 자기 흥에 빠져드는 윤 씨. 그러자 윤 씨에게 향했던 눈이 하나둘 다시 떡 접시로 돌아갑니다. 아무도 윤 씨의 시를 듣는 것 같지 않은데요.

'쯧, 여학교까지 나왔다며 저 정도밖에 못하나.'

봉 여사 마음에 질투가 몽글몽글 피어오르네요.

'나도 배우기만 했으면 저 정도는 너끈히 하겠네.'

문득 어릴 적 공부를 말렸던 아버지의 불호령이 귓가에 쟁쟁합니다.

"자고로 여자 나고 문장 난 데 없다! 여자가 학교는 무슨!"

평생 봉 여사 마음에 옹이가 된 그 말. 오빠고 남동생이고 다들 상급 학교까지 다녔는데 자신만 부엌데기로 남아야 했으니까요.

'내가 머리는 좀 좋았어? 오빠 어깨 너머 본 걸 부지깽이로 흙바닥에 써 가며 혼자 글자도 뗐는걸.'

아버지는 공부만 말린 게 아니었습니다. 고향이 바닷가 마을이라 친구들은 자연스럽게 해녀가 됐는데요. 그들 중에 봉 여사의 물질 실력이 단연 최고였어요.

"어디 여자가 하늘을 향해 다리를 벌린다더냐!"

학교보다 더 격하게 말렸던 아버지. 그때 벗들은 다 물질해서 고향 마을에서 넉넉하게 살림을 일궜더랬지요.

'물질을 했으면 내가 그리 어렵게 살진 않았을 거야.'

가슴 깊은 곳이 화끈, 늘 봉 여사를 따라다닌 불덩이입니다.

짝짝짝. 끝났는지 윤 씨가 자리에 앉습니다. 봉 여사, 양손으로 떡과 음료수를 집느라 손뼉 칠 기회를 놓치는군요. 그때 퍼뜩 떠오른 자기 일기장.

'아들이 그렇게 칭찬하는데 나도 그걸 갖고 와 한번 읽어 줘 볼까?'

요상한 스마트폰

"폰으로 사진 보내 줄게요. 며느리한테 이렇게 잘 먹었다 보여 주고, 고맙다고도 꼭 전해 줘요."

경로당을 나서는데 부회장이 남은 떡을 건네주며 말합니다.

봉 여사, 어떻게 정 씨 전화기로 찍은 사진이 자기 전화기로 온다는 것인지 당최 모르겠지만 그런 티를 내고 싶진 않아 조용히 있습니다. 다른 노인들은 휴대폰으로 사진도 찍고, 얼굴 보며 통화도 하고, 메시지도 척척 잘만 보내는 것 같은데요. 오로지 통화만 하는 건 자기뿐인 것 같아 기가 죽는 기분이에요.

'휴, 나만 멍청한 노인네가 된 것 같네.'

어느 날 걸려 온 전화. 공짜로 폰을 바꿔 준다고 했어요. 오래 써서 보답으로 준대서 고맙다고 했지요. 그랬더니 며칠 뒤 새 폰이 척 배달됐는데 다른 노인들이 다 갖고 있는 신식 폰인 겁니다.

"스마트폰은 익숙하지 않으면 더 불편해요."

아들에게 잔소리는 들었지만 봉 여사는 한껏 흥분했습니다. 이제 자신도 다른 노인들처럼 사진도 찍고, 얼굴 보며 통화도 할 수 있겠다 싶었던 거지요.

하지만 기대는 금세 깨져 버렸답니다. 아들 말대로 스마트폰은 너무 복잡하고 헷갈려 도저히 익숙해지지 않는 거예요. 전에 쓰던 건 버튼만 누르면 됐는데 신식은 완전 달랐어요.

'무슨 도깨비장난인 거야. 손만 대도 휙휙 다른 데로 화면이 넘어가 버리네. 무서워 손을 댈 수가 있어야지, 원.'

그러니 사진은커녕 번호를 찾아 통화하는 것조차 어려웠어요. 그 때문에 곤란한 적이 한두 번이 아니었답니다. 버스를 잘못 타 낯선 곳에 내렸을 때도 아들에게 전화를 걸 수가 없는 거예요. 도무지 번호를 찾을 수 없어 결국은 비싼 요금 내고 택시를 타야만 했지요.

전화 소리가 울리면 늘 반가웠는데 휴대폰을 바꾼 뒤로는 전화가 오면 가슴이 콩콩콩. 아무리 연습해 봐도 벨소리가 울리는 순간 긴장부터 되니 어딜 눌러야 할지 까맣게 잊고 마는 거예요. 잘못 건드려서 알 수 없는 데로 화면이 넘어가 버릴까 봐 전전긍긍.

"어머니, 이러니까 옛날 폰을 그냥 둔 거예요."

아들 잔소리에 기분도 상하고, 계속 까먹는 자신이 바보 같아 속상했어요. 결국엔 아예 집에다 두고 다닐 정도였어요. 괜히 경로당에 갖고 갔다가 벨소리가 울리는데 전화를 못 받아 우물쭈물하는 모습을 들키긴 싫었으니까요. 그랬더니 연락 안 된다고 걱정해서 자식들이 경로당으로 전화를 해 대고.

"늙은이도 좀 쓰기 쉽게 만들어 줄 일이지, 원. 세상에 지들만 사나."

자존심을 누르고 아들한테 새것 돌려주고 옛날 폰으로 바꾸면 안 되냐고 했더니 위약금을 많이 물어 줘야 한대서 결국 포기. 지금은 전화 걸고 받는 것만 겨우 외워서 살살 쓰고 있지요. 다른 건 일체 건드리지 않고 말이에요.

"언니, 열어 봐요. 사진 잘 갔나."

"나중에 집에 가서 보지, 뭐."

봉 여사, 서둘러 경로당을 빠져나옵니다.

금요일 퇴근

오후 4시. 집으로 향하는 봉 여사 마음이 아주 홀가분합니다. 일주일 임무를 무사히 마쳤으니까요.

'저녁은 뭘 해서 맛있게 먹어 보나.'

띠리링, 현관문을 열고 안으로 들어서자 웅웅 냉장고 소리만이 봉 여사를 맞이하네요. 종일 사람들 속에 있다 와서 그런지 더 쓸쓸함이 밀려드는 시간. 그 마음을 걷어 내려고 부러 소리 내 인사를 해 보지요.

"잘들 있었냐?"

들고 있던 봉지를 식탁 위에 내려놓습니다. 일이 끝나면 정 씨가 남은 음식을 종종 싸 주는데요. 오늘은 봉지 안에 체험학습에서 받은 고추장도 한 통 들어 있어 제법 묵직하네요.

경로당에서 챙겨 주는 건 뭐든 거절하지 않고 다 받아 오는 봉 여사. 꼭 먹고 싶어서만은 아니에요. 어떨 땐 정말 받기 싫을 때도 있어요. 준비하는 내내 냄새를 맡아서인지 점심상에 오른 것에도 손이 잘 안 가는데 그걸 집에서

까지 먹고 싶진 않으니까요. 그렇게 받은 반찬이 냉장고
안에 잔뜩입니다.

"어머니, 안 가져간다고 솔직히 그 분에게 얘기하세요."

냉장고 안을 볼 때마다 며느리가 하는 소리. 하지만 집
에 갖고 와 몰래 버리는 한이 있어도 차마 거절은 못 하는
봉 여사. 반찬 때문이 아니라 자기를 위해 챙겨 준 그 마

음을 거절하기 어려운 까닭이에요.

'씻고 먹을까? 냄새 배려나?'

잠시 서서 고민하다 저녁 먼저 해치우기로 합니다. 씻고 나면 먹을 걸 챙기는 게 더 귀찮을 테니까요. 나이가 드니 제 입에 들어갈 음식을 차리는 것에 점점 게을러집니다. 다른 사람 먹을 것엔 부지런을 떨면서도 말이지요.

'에구, 귀찮아. 누가 뚝딱 차려 주면 좋겠네.'

냉장고를 여니 크고 작은 반찬통이 종류별로 가득. 지난 일주일 간 경로당에서 가져온 남은 음식들인데요. 뭐가 뭔지 알 수가 없어 죄다 식탁에 꺼내 놓고 뚜껑을 열어 봅니다. 오이무침, 고등어조림, 돼지고기 볶음, 무생채, 카레, 들깨죽, 이번 주 것만이 아니라 지난주에 갖고 온 것까지. 모아 놓고 보니 종류도 양도 꽤 많네요.

남은 음식들을 보자 식욕이 싹 달아나 버립니다.

'내일 아들네 오면 반찬으로 내놓자. 며느리가 고등어 좋아하니 먹을지도 모르지.'

몇 가지는 다시 냉장고에 집어넣고, 돼지고기 볶음과 들깨죽을 전자레인지에 데웁니다.

잠시 뒤, 데워진 걸 몇 술 뜨는 체합니다. 맛을 느낄 새도 없이 배가 불러 옵니다. 금요일이면 집에 올 때마다 뭔가 맛있는 걸 해 먹고 싶은데 늘 별것 없이 뚝딱 한 끼를 해치워 버리게 되지요. 간단해 좋은 것도 같고, 아쉬운 것도 같은 마음.

'괜찮아, 내일 아들네 오면 새로 해 먹지 뭐.'

피로 때문인지 한껏 더 무거워진 몸을 억지로 일으켜 세웁니다.

수확

저녁 먹고 난 봉 여사가 서둘러 설거지를 마치고 바삐 움직이네요.

'아이고, 세탁기 돌리고, 청소하고, 밑반찬도 만들고. 바쁘다, 바빠!'

내일은 토요일, 아들네가 오는 날이니 갑자기 할 일들이 떠오른 것이지요.

"아, 맞다! 숙제도 남았네."

고단하다는 생각은 어느새 저만치 사라지고 급해지는 마음. 이럴 때마다 마음은 서두르는데 몸이 안 따라 주니 더 다급해지는 느낌이에요.

'뭐부터 해야 하나?'

잠시 순서를 고민해 보더니 세탁기 앞으로 가네요. 일주일간 모아 놓은 빨래를 세탁기에 맡긴 뒤엔 청소기를 돌립니다. 지친 줄도 모르고 구석구석 물걸레질까지. 좀 전까지 피로 때문에 몸이 무거웠던 봉 여사가 아니에요.

'아직은 이쯤이야.'

힘이 솟구치는 듯 척척 집안일을 해 나가는 봉 여사. 혼자서도 잘 살아 내고 있다는 걸 아들네에게 보여 주고 싶은 마음 덕이지요.

'상추도 좀 뜯고, 멸치도 볶아 놔야겠다.'

청소를 마친 봉 여사는 소쿠리를 들고 베란다로 갑니다. 자신의 허리춤까지 무성하게 자라난 화분들 옆에 스티로폼 상자며, 금 간 대야, 손잡이 빠진 냄비, 나무젓가락 지지대가 꽂힌 화분 두어 개가 있습니다. 그게 봉 여사의 텃밭이에요.

넓적한 상추 잎 몇 장에 물에서 키우는 미나리도 몇 가닥 뜯어 담습니다.

"오호, 제법 자랐구먼. 아무렴, 무럭무럭 자라야지."

지지대에 기댄 고추며 가지 모종이 실하게 자라고 있네요. 텃밭이라기엔 민망하지만 푸성귀를 딸 때마다 제법 수확의 기쁨이 있습니다.

옛집에서 텃밭 일구던 날들이 또렷이 살아납니다. 그땐 텃밭을 건사하는 게 살림이자 취미였는데요. 마당 가운데 너댓 평 텃밭에서 사철 온갖 푸성귀를 길러 먹었지요.

'얼마나 정성을 쏟았는데. 철마다 기름집에서 깻묵 얻어다 묻어 주고, 약 한 번 안 치면서 말이지.'

애를 쓴 만큼 기름진 땅에서는 뭐든 잘 자랐어요. 문제는 푸성귀만 잘된 게 아니라 온갖 벌레들도 다 잘 자랐다는 건데요. 그중에 달팽이란 놈은 정말 골치였어요. 밤이면 나타나 새로 올라오는 싹만 골라 모조리 먹어 치웠으니까요.

'에구, 새벽까지 손전등 들고 달팽이를 잡느라고 내 참 힘들었다.'

지붕 높이만큼 자란 늙은 감나무엔 어른 주먹만 한 감들이 주렁주렁.

'그리 실하게 달렸던 게 태풍 불어 다 떨어져 버리면 얼마나 아까웠는지 몰라.'

미처 익기 전에 떨어져 버린 대봉 감들을 주워 독에 담아 익혀도 보고, 감식초를 담가도 보고. 지나고 보니 그런 기억들이 번거로웠단 느낌보단 그저 즐겁고 행복했던 장면으로만 떠오릅니다.

'감나무 두고 온 게 제일로 아까워. 휴.'

잃어버린 고향처럼 늘 그리운 게 바로 그 텃밭입니다. 물론 봉 여사도 잘 압니다. 텃밭이 있다 해도 몸이 예전 같지 않아 잘 운용하지도 못할 거란 걸.

지금은 아쉬운 대로 스티로폼 상자로 텃밭을 대신하고

있지요. 놀이터 화단에서 흙을 날라 와 거기에 상추며 쪽파, 가지 따위를 키워 보고 있답니다. 손잡이 빠진 냄비엔 물을 받아 미나리도 키우고요.

'욕심 안 내고 요만하면 내게 딱 맞지 뭐야.'

해가 잘 들어서인지 기특하게도 푸릇푸릇 쉼 없이 올라옵니다. 그게 더없이 고맙고 어여뻐 더욱 정성을 쏟는 봉 여사.

'상추랑 미나리로 쌈 싸 먹으라고 하면 되겠네.'

그것도 수확이라고 뿌듯해져 소쿠리 안을 사랑스럽게 쳐다봅니다.

달라진 손맛

일주일에 딱 한 번, 봉 여사가 집에서 요리에 마음을 쏟는 시간. 아들이 좋아하는 멸치볶음을 준비하고 있습니다.

'멸치볶음엔 맵싸한 고추가 들어가야지.'

젊어서는 음식 솜씨 좋다는 소리깨나 들었던 봉 여사. 손도 빠르고 눈썰미도 좋아 한 번 보면 뭐든 뚝딱 만들어 냈는데요.

"가만있자. 멸치를 볶다가 마늘을 넣나, 같이 볶나?"

지금은 간단한 요리를 하는 데도 시간이 오래 걸리지요. 잠깐씩 멈춰 재료와 순서를 헤아려 봐야 하니까요. 너무 간만에 하는 요리는 색깔이며 모습만 떠오를 뿐 맛은 가물가물. 그래서 고춧가루를 넣을지, 고추장을 넣을지, 간장인지, 소금인지 양념이 헷갈리곤 해요. 대강 해 놓고 보면 뭔가 부족한 듯 예전 모양과 맛이 안 나고요.

"익으면 다 그게 그거지 뭐."

달궈진 프라이팬에 멸치와 채 썬 마늘과 고추를 넣고 볶다가 간장으로 간 맞추고 깻가루 솔솔 뿌린 뒤 끝. 집어 먹어 보니 짜기만 할 뿐, 푸슬푸슬 모양이 영 안 사네요. 윤기 자르르한 멸치볶음을 생각하고 만든 건데 말이에요.

'뭐가 빠진 거지? 뭘 더 넣으면 나을까나?'

떠올려 보려 할수록 머릿속은 더 캄캄해져요. 이럴 땐 완전히 한물간 노인네가 된 것 같아 갑자기 모든 의욕이 확 떨어지고 말지요.

'누구한테든 척척 알려 주었는데. 지금은 거꾸로 물어 봐야 할 지경이니.'

지난번에는 아들네 주려고 아귀찜을 하려는데 호기롭게 재료를 준비해 놓고도 막상 요리를 하려니 양념장이 자신 없는 거예요. 결국 며느리에게 넘기고 말았지요.

"아, 어머니가 낙지볶음이랑 아귀찜이랑 좀 헷갈리셨나 보다."

며느리가 준비된 재료와 양념들을 보더니 두 요리가 다 빨갛게 보이지만 양념과 조리법이 차이가 난다며 차근차근 설명해 주었지요. 까먹은 게 민망해서 생각난 듯 고개를 주억거렸지만 사실 다 알아들은 건 아니었어요.

'몸이 늙으니 손맛까지 늙네.'

자신에겐 그런 일이 일어나지 않을 줄 알았습니다. 수십 년을 해 와서 몸에 인이 박인 음식 솜씨가 달라질 리만무하다고 여겼거든요.

'그렇지, 설탕!'

아직 식지 않은 멸치볶음에 설탕 한 숟갈을 듬뿍 떠서 솔솔 뿌려 봅니다. 하지만 설탕 알갱이가 녹지 않고 멸치 사이에 모래알처럼 뿌려진 채 그대로예요. 이번엔 설탕을 녹이려고 불을 켰더니 설탕이 팬에 들러붙으며 까맣게 타들어 가네요. 서둘러 불을 끄고 맛을 봤더니 멸치가 과자처럼 딱딱해져 버렸어요.

'촉촉하고 달짝지근해야 할 텐데?'

처음 떠올린 맛과 달리 뭔가 엉망인 것 같습니다. 어디서 순서가 잘못된 것인지. 이제 돌이킬 수도 없고요. 그래도 어떻게든 만회하고 싶어 참기름을 많다 싶게 냅다 뿌려 봅니다. 윤기가 자르르, 제법 그럴싸한데요.

'뚜껑 닫아 두면 물기가 돌아 촉촉해지겠네.'

그럼 얼추 생각했던 모양이 나오지 않겠나 싶어요.

"괜찮아. 뭐든 잘 먹는 아들이라."

셀프 마사지

'에고, 등짝이 왜 이러냐.'

경로당에서 오래 서 있었던 탓인지 몸이 뻐근한 봉 여사. 오른쪽 어깻죽지에서 시작해 옆구리를 따라 내려오는 등판이 다 결리네요.

'물리 치료 받고 올걸. 파스라도 붙여 볼까?'

그런데 파스 든 팔을 뒤로 돌릴 수도, 아픈 곳에 정확히 붙일 수도 없네요. 이리저리 붙여 보려 애쓰는 사이 필름을 뗀 파스가 동그랗게 말리다가 결국 애벌레처럼 한 덩이가 되고 맙니다.

"에잇!"

그걸 펴려다 짜증이 난 봉 여사, 냅다 바닥에 던져 버립니다. 등이 가려운 거야 '효자손'이면 되지만 파스나 부항은 어림도 없어요.

'혼자 사는 사람 서러워 살겠나. 이래서 사람은 모여 살아야 되는 건가 봐.'

문득 구십 나이에도 홀로인 자신이 처량하단 생각이

밀려듭니다.

'세상 사람들 다 호사를 누리는데 나만 이 나이에 이게 뭐람.'

재혼했으나 너무 일찍 가 버린 영감이 떠오르자 악연으로 끝나 버린 첫 결혼의 인연과 품지 못하고 흩어진 자식에 대한 기억까지, 아주 깊은 곳에 묻어 둔 아픔들이 고구마 줄기처럼 줄줄이 올라오네요.

'어머닌 왜 그리 일찍 가 버리신 건지.'

서러운 생각은 꼬여 버린 시작점을 찾아 어린 시절로 향하다가.

'애초에 궂은 팔자를 타고난 거야. 내가.'

종내 자신을 향한 원망에 이르고 마는데요.

'휴우, 다 살았는데 이제 와 팔자 타령을 해선 뭐해. 다 소용없는 일.'

한숨을 크게 토해 내고는 고개를 세차게 흔듭니다. 그리고 바닥에 내던져진 파스를 줍습니다. 손톱 끝으로 천천히 펴다 보니 주름진 마음도 조금씩 펴지기 시작하는데요.

'세상 과부가 나만 있는 것도 아니고. 내일 애들 오면 붙여 달라 해야겠다.'

다 폈지만 쭈글쭈글한 파스를 오른쪽 무릎에 척 붙입

니다. 일주일 동안 걸어 다니게 해 준 고마운 다리니까요.

"에고, 고생했다, 내 다리."

두 손으로 쓱쓱 종아리를 문지르다 좋은 생각이 난 듯 일어나 보일러 온수를 켭니다. 언젠가 며느리가 알려 준 대로 족욕을 해 보려는 거지요. 목욕탕 입구 문턱에 앉아 대야에 담긴 따뜻한 물에 발을 담급니다. 그러자 발에 온기가 돌면서 온몸의 피로가 스르르 풀리는 듯해요.

'애썼지, 내 다리. 덕분에 이 나이에도 짱짱히 걸어 다니고, 돈도 벌고.'

이마에 맺힌 땀방울처럼 사랑스런 감정이 퐁퐁 솟아납니다.

"고맙다, 다리야!"

마음속 소리가 저절로 입 밖으로 튀어나오네요.

"내 손. 네가 제일 고생이지. 고맙다."

손을 쓸어 주다 내친김에 양쪽 팔과 어깨, 허벅지까지 정성껏 쓸어 줍니다.

한참 그러다 보니 물이 미지근하게 식어 버렸네요.

'누가 있어 심부름 좀 해 주면 좋으련만. 수도꼭지 하나 틀래도 내가 힘을 써야만 하니.'

겨우 몸을 일으켜 뜨거운 물을 채워 다시 발을 담급니

다. 이젠 등에도 땀이 촉촉이 배어 나오네요.

족욕을 마치자 몸도 마음도 가뿐. 어제 사 둔 녹용 액도 한 봉지 꺼내 꿀꺽. 왠지 힘이 불끈 솟는 것 같습니다.

"아이고, 좋다!"

소파로 가서 털썩 주저앉아 이리저리 리모컨을 돌려 보는데요. 내일은 출근이 없으니 한껏 늘어져도 괜찮습니다. 구십 세 봉 여사의 불금이거든요.

'배부르고 등 따시면 됐지, 뭐가 걱정이야.'

불금엔 딱이야!

따르르릉 소리에 전화기를 보니 아들이에요.

"어머니, 저녁은요?"

다음 질문은 오늘 어떻게 지냈냐고 물을 게 틀림없지요. 그래서 미리 대답을 하는 봉 여사.

"그럼, 저녁도 먹고 낮에 경로당에서도 잘 보냈다."

"피곤하지 않으세요? 언제쯤 주무실 거예요?"

'오, 이건 밤에 재미있는 방송이 있다는 뜻?'

피곤하다면 아들은 분명 쉬라고만 하고 전화를 끊을 테지요.

"아니, 피곤하지 않아. 오늘은 체험장에서 점심 먹어서 경로당에선 밥도 안 했거든."

"좀 늦게 축구 경기가 있는데 우리 국가대표팀 평가전이에요."

"언제? 어디서?"

봉 여사, 배터리가 충전된 것마냥 금세 살아납니다.

"이따가 11시에요. 끝나면 새벽 1시 좀 넘을 텐데 괜찮으시겠어요?"

"그럼, 그럼. 나 안 피곤하다. 몇 번이지?"

아들은 채널 번호를 알려 주고 시간 되면 다시 전화 준다며 끊습니다.

축구는 봉 여사가 제일 좋아하는 스포츠 경기. 젊을 때는 레슬링을 즐겨 보았지만 지금은 축구를 더 좋아하지요. 경기 규칙은 물론 선수들까지 꿰고 있을 정도예요.

시계를 보니 8시 35분. 아직 한참 남았네요.

'얼른 숙제부터 하자.'

내일 검사 받을 숙제 생각에 마음이 바빠지는 봉 여사. 산수 숙제는 받은 첫날 이미 마쳤는데 글쓰기 숙제는 아직 남은 게 있어요. 일하고 오면 피곤하고 눈도 침침해서 계속 미루다 보면 늘 금요일 저녁에야 마무리하곤 하지요.

저만치 밀쳐 둔 앉은뱅이 책상을 앞으로 끌어당깁니다. 쓰다 만 글을 다시 읽어 봅니다.

"음, '글쓰기를 하면 마음이 그 속으로 빠져든다. 하지만 아무리 써 봐도 늘지 않아 한이 된다. 받침 쓰는 건 해도 해도 까먹으니 답답하다.' 여기까지 써 뒀구먼."

뒤로 써야 할 글 몇 줄이 더 남았는데 생각이 안 나 미뤄 둔 건데요. 축구 경기 전에 마치겠다는 생각에 의욕 충만. 종이를 뚫어져라 쳐다보다 잠시 뒤 입으로 소리 내며 쓰기 시작합니다.

"그래도 이 나이에 이만큼이라도 쓸 수 있으니 내가 생각해도 나 자신이 기특하다."

말이 먼저인지 생각이 먼저인지 모르겠지만 말하며 쓰다 보니 금세 줄이 다 찼어요.

"다음 문제는 뭐냐? '산수는'이라고? '산수는 사람의 머리를 열어 주는 게 아닌가 싶다. 재미도 있고, 문제를 풀다 보면 어느새 시간 가는 줄 모르게 빨리 지나간다. 그러니 시간 보내기에 참 좋은 것 같다. 나도 푸는 실력이 처음보다 많이 나아진 것 같다. 참으로 좋아진 것 같아 아주 흐뭇하다.' 여기까지 끝!"

그 뒤로도 한참 동안 등을 둥글게 말고 앉아 책상에 얼굴을 박고 있는 봉 여사. 입으로 나오는 소리를 받아 적느라 부지런히 손을 움직이네요.

따르르릉, 전화벨 소리에 정신이 번쩍. 벌써 11시가 다 됐네요. 아들이 채널 번호를 알려 줍니다. 아들이 인사를 채 마치기도 전에 봉 여사가 먼저 전화를 탁 끊습니다. 한 장면이라도 놓칠까 봐 마음이 바쁘거든요.

텔레비전을 켜 채널을 맞추자 화면 가득 축구장이 펼

쳐집니다. 그걸 보자 벌써부터 온몸이 짜릿짜릿. 눈에 익은 선수들 얼굴이 보이네요.

"자, 가자! 뛰어라! 시원하게 한 방 차 버려!"

금요일 밤에 축구 중계라니. 봉 여사에게 이보다 좋은 불금의 휴식이 있을까요?

악몽

축구 중계를 보느라 밤이 깊어서야 잠자리에 든 봉 여사, 아무리 애를 써 봐도 좀체 잠들 수가 없어요. 승리의 흥분이 가라앉질 않아요.

"공이 그 순간에 들어갈 줄 누가 알았겠어! 기가 막힌 골인이지 뭐야."

일대일 무승부로 경기가 거의 끝나갈 무렵에 성공한 골인. 통쾌하기 그지없는 승부였어요. 운동장을 뛰던 선수들이 아직도 눈에 어른어른. 몇 번이나 봤던 골인 장면도 생생하고요. 도저히 이대로 잠들 수 있을 것 같지 않아요.

"안 되겠다. 좀 더 보다 자자."

결국 거실로 나가 텔레비전 앞에 앉습니다. 소파에 비스듬히 누워 채널을 돌리다 오래된 흑백영화를 발견합니다.

'저 양반 얼굴은 낯이 익은데. 이름이 뭐더라?'

말은 잘 안 들리지만 익숙한 배우들이라 계속 보게 되는데요. 시어머니가 며느리를 몹시 구박하는 내용이에요. 그걸 보고 있으니 첫 결혼에서 겪은 맵고 고됐던 자신의 시집살이가 떠오릅니다.

"왜 저리 못되게 구냐? 저러다 천벌 받지, 천벌!"

60년도 넘은 그날의 설움과 분노가 한꺼번에 되살아나는 듯해요. 시어머니에 시누이들까지 합세해 자신을 모함하고 괴롭히는 데다 남편마저 나 몰라라 하니 도저히 견딜 수가 없었어요. 봉 여사는 미련 없이 그 집을 박차고 나와 버렸답니다. 그 일로 시집에 남겨 두고 와야 했던 아들. 품에서 키우지 못한 그 아들은 봉 여사에게 두고두고 아픈 손가락이 됐지요.

'휴우.'

저절로 한숨이 길게 새어 나옵니다.

영화는 억울하게 누명을 쓰고 죽은 며느리가 혼령이 돼 복수를 하는 걸로 끝. 그걸 보자 봉 여사, 자기 일마냥 속이 다 후련합니다. 그러다 슬쩍 두려움이 밀려드는데요.

'나도 가슴에 한 맺힌 게 많으니 죽어서 이승을 떠돌게 될까?'

너무 늦게까지 안 자서인지 머리가 아파 옵니다. 침대로 들어가 억지로 눈을 감아 보지만 이번엔 자꾸만 좀 전에 본 영화 장면들이 떠오르네요.

그러다 설핏 잠이 들었나 싶은데 영화에서 본 귀신이

같이 가자는 듯 봉 여사 팔을 잡아당겼어요. 섬뜩한 느낌에 따라가지 않으려고 버티는데 아무리 애를 써도 몸에 힘을 줄 수가 없는 거예요.

'살려 줘요! 누구 없어요! 도와줘요!'

절박하게 외치지만 목소리마저 나오지 않아요. 죽을 것 같은 공포에 발버둥 치다가 어둠 속에서 눈을 번쩍! 한참만에야 꿈이란 걸 깨달았지요. 자신을 잡아당기던 귀신 모습이 생생합니다. 불을 켜고 앉아 숨을 내쉬어 보려는데 아직도 가슴이 벌렁벌렁. 쉬이 진정되질 않아요.

'진짜로 날 데리러 온 저승사자였나?'

오소소 소름이 돋아나며 한기까지 느껴집니다.

'그 여자를 따라갔으면 지금 난 산목숨이 아니겠지?'

그런 생각이 들자 몸까지 덜덜덜 사정없이 떨리네요.

'괜찮아. 그래도 안 가고 버텼잖아.'

시계를 보니 새벽 4시. 일어나기엔 너무 이른 시간. 잠들면 그 귀신이 다시 나타날 것 같아 눈을 감기 무서워요.

'그 여자가 또 나타나면 어쩌지? 방책을 세워야 해.'

잠시 고민하다 일어나 주방으로 향합니다. 그리고는 주방 칼을 갖고 와 베개 밑에 밀어 넣는데요. 악몽을 꿀 때마다 봉 여사가 이용하는 옛 어른들의 비법이에요.

'네가 날 좀 지켜다오.'

불을 끄고 누운 봉 여사, 든든한 호위무사를 얻은 듯 마음이 좀 놓입니다.

반가운
토요일

기대

밤에 잠을 설쳤는데도 저절로 눈이 번쩍. 드디어 기다리던 아들네가 옵니다. 그 전에 청소도 간단히 하고, 마트에 가서 장도 좀 봐야 하니 마음이 더없이 분주하네요.

'묵은 반찬은 많은데 뭘 새로 해서 먹인다?'

이제 오십이 넘은 아들인데도 여전히 뭐라도 해 먹이고픈 마음이에요.

"역시 우리 어머니 솜씨는 안 늙어."

무얼 먹으나 아들은 매번 똑같은 반응. 인사치레인 줄 알면서도 그때마다 봉 여사, 어린 자식 키우던 젊은 날로 돌아간 듯 사뭇 애틋해지지요.

하지만 마음뿐, 막상 음식을 내놓을 땐 늘 자신이 없어요. 며느리가 한 요리와는 달리 뭔가 태가 안 나는 것 같으니까요. 며느리가 끓이면 빨가니 먹음직스러운데 자신이 한 건 희멀거니 달라 보이거든요. 그러니 요리를 내놓을 때마다 아들네 반응에 온 신경이 쏠릴 수밖에요.

'나도 젊어선 매운 거, 신 거 참 잘 먹었는데.'

며느리에게 김장을 담가 줄 때도 부러 매운 고춧가루와 고추씨를 섞어 쓰면서 "김치는 맵싸해야 먹을 맛 난다" 이랬던 자신인데요. 지금은 며느리가 담가 주는 김치가 너무 맵습니다. 신 과일도 즐겼는데 이제는 단 과일만 찾게 되지요.

그때 전화가 따르릉 울립니다.

'웬 전화? 혹시 못 온다는 건가?'

매주 오던 아들네가 아주 가끔은 일이 있다며 다음 날온다 할 때가 있어요. 그럴 때면 다음 날까지 기다리는 그하루가 얼마나 길고 지루한지요.

"할머니, 저예요. 건강하세요?"

"오마나, 네가 어쩐 일이냐? 나야 잘 있지. 너흰 어떠냐?"

시집가 다른 지방에서 사는 손녀예요. 딸은 어미 삶을따라간다는 옛말이 맞는 건지 봉 여사의 딸도 결혼 생활에 부침이 많았지요. 그러다 보니 딸이 맡긴 어린 손녀를봉 여사가 맡아 키웠는데요. 자랄 때는 걱정깨나 시켰던아이예요.

'그렇게 속을 썩이던 게 이제는 이리 할미한테 전화할줄도 알고.'

부모 대신 부단히 애를 썼지만 자꾸만 엇나가는 아이

때문에 봉 여사, 그 시절엔 얼마나 괴롭고 힘들었는지 모릅니다. 자신에게 와서 아이가 잘못될까 봐 늘 노심초사. 그랬던 아이가 어느새 커서 제 짝을 만나 살림을 꾸리고 살고 있다니, 오래 산 보람을 느낍니다.

"할머니, 이 동네 고구마 유명하거든요. 할머니 것 한 상자 사서 택배로 보냈어요."

"너희나 먹지, 뭘 그런 걸 다 보내고 그러냐. 아무튼 고맙다, 고마워."

손녀는 종종 봉 여사가 좋아할 것 같은 먹을거리를 보내 줍니다. 그런 손녀의 마음 씀씀이에 고달팠던 날들이 한꺼번에 보상을 받는 것 같지요. 부드러운 손길이 봉 여사 마음을 어루만져 주는 듯이요.

'세월이 약인 게 있어. 끝이 좋으면 다 좋은 법이야.'

전화를 끊고 나자 마음이 더 환해집니다.

'오늘은 고기나 좀 구울까?'

괜스레 기분 좀 내고 싶어지는데요. 아들네가 오지 않으면 좀체 꺼낼 일 없는 불판을 오랜만에 꺼내 놓습니다.

마트로 간 봉 여사는 구이용 돼지고기를 사고, 같이 먹을 야채도 이것저것 고릅니다. 그러다 고기를 그다지 좋아하지 않는 며느리가 떠오르는데요.

'아들만 챙겼다고 며느리가 섭섭할라나? 아, 고등어 사다 놓은 거, 그거 굽자.'

며느리는 생선만 구워 주면 밥 두 공기쯤은 뚝딱. 그래서 생선을 종류별로 사 놓았다 구워 주곤 하지요. 마침 쌀도 떨어졌으니 쌀과 생수까지 값을 치르고 배달을 부탁하고는 가게 문을 나섭니다.

장을 다 보고 나서인지 마음이 홀가분해져서 걸음이 느긋해지는군요. 그때 눈에 들어오는 미용실 간판.

'그래, 머리 자를 때가 됐어.'

봉 여사, 미용실 문을 열고 안으로 들어갑니다.

알 수 없는 세계

　머리를 자르자 마음까지 말끔해진 봉 여사, 미용실을 나서다 새로 문 연 화장품 가게가 눈에 들어옵니다. 선반마다 갖가지 화장품이 반짝반짝 빛나고 있네요.

　'가만있자, 뭐라도 살 게 없나?'

　슬쩍 양 뺨을 쓸어 봅니다. 까칠한 게 크림이라도 한 통 사야만 할 것 같은데요.

　유리문을 밀자 종이 짤랑 울립니다.

　"어서 오세요!"

　젊은 아가씨 목소리가 새처럼 지저귑니다.

　"찾으시는 것 있으세요, 고객님?"

　아가씨가 봉 여사 앞으로 바짝 다가와 빤히 쳐다보며 묻네요.

　"뭐, 그…… 얼굴이 바삭해서……."

　"아, 건조하신 거예요? 그럼 기초 라인을 찾으세요?"

　무슨 말인가 싶어 잠시 멍해 있다 곧 정신을 차립니다. 젊은 사람 앞에서 어리숙한 늙은이가 되고 싶지는 않으니까요.

"크, 크림 줘 봐요. 좋은 걸로."

"아, 크림이요. 이쪽으로 오세요."

아가씨가 앞장서 안내한 곳으로 가자 알록달록 화장품들이 즐비하네요.

"이쪽은 수분 라인이고요. 이건 재생, 여긴 보습 그리고 영양, 아래쪽은 탄력 라인이에요. 요쪽 보시면 주름 개선 라인이고요. 어떤 것으로 하시겠어요?"

겨우 문제를 풀었는데 더 어려운 걸 만난 듯 난감해지네요. 갑자기 피곤해지면서 그냥 집으로 가고 싶어지는데요. 이제 와 그럴 수도 없는 일.

"뭐가 좋을까? 아가씨가 골라 줘 봐요."

"고객님 피부 상태에 따라 달라서…… 아, 기능을 하나에 다 넣은 것도 있어요."

점원은 다른 선반에서 금색 뚜껑이 붙은 화려한 보라색 병을 꺼내 옵니다. 한눈에 보기에도 귀한 것처럼 보이는데요. 봉 여사 호기심에 반짝 불이 켜집니다.

"이건 한방이라 가격대가 좀 있지만 주름 개선과 탄력, 미백에 보습과 영양 기능이 다 들어 있어요. 요즘 주름 개선에선 반응이 제일 좋은 한방 제품이에요."

봉 여사 귀에 '주름'과 '제일 좋다'는 말이 들어와 쏙 꽂히네요.

"그거는 얼마요?"

"20만 원인데요. 회원 가입하면 10퍼센트 세일이라 18만 원이에요."

생각지도 못한 높은 가격에 놀란 봉 여사, 자기 한 달 월급과 견주어 보니 더더욱 입이 다물어지지 않는데요.

"그보다 조금 아래 건…… 좀 아래 것은 어느 거요?"

봉 여사 눈이 다른 진열대로 향합니다.

"아, 그러시면 이게 어떨까요? 가격은 5만 원밖에 안 하지만 기능은 비슷하거든요."

비슷하게 좋은데 반의 반 가격이라니, 바로 마음이 기웁니다.

그렇게 주름 개선 크림을 들고 집으로 향하는 봉 여사. 오래전 집으로 찾아오던 화장품 외판원이 떠오릅니다. 마루에 이것저것 꺼내 놓고 구경하는 재미가 쏠쏠했는데요. 향도 맘껏 맡아 보고, 외상도 할 수 있었으니 말이에요.

'그 시절이 좋았어. 사람 사는 맛도 나고.'

점점 마음 편하게 물건 사는 게 어려워지는 건 자신이 늙은 탓인지, 세상이 변한 탓인지, 알다가도 모를 일이라며 고개를 내젓습니다.

　아흔 봉 여사 손에 들린 봉지 안에서 주름 개선 크림이 달랑달랑 흔들리고 있네요.

실수

집에 돌아와 아무리 기다려도 배달시킨 물건이 오지 않네요.

'아들네 오기 전에 밥을 안쳐야 할 텐데…….'

전화번호를 모르니 독촉 전화를 할 수도 없어 그저 속만 끓이고 있는데요. 이제나저제나 기다리는데 거의 12시가 다 돼 버립니다. 곧 아들네가 도착할 시간.

배달이 늦어지자 처음엔 바빠서 그런가 하고 이해를 했습니다. 그러다 너무 오래 소식이 없자 오다가 사고가 난 게 아닌가 걱정이 됐지요. 그런데 다른 사람이라도 대신 갖고 올 만한 시간이 흘러도 감감무소식. 그러자 아예 잊어버린 거란 생각에 이르렀지요.

'괘씸한 것들! 내가 얼마나 아들네와 밥 먹는 이날만 오매불망 기다리는데.'

그 시간을 완전히 망쳐 버린 것에 부아가 치밉니다.

'분명 늙은이가 시킨 거라고 무시한 거야.'

"어머니, 저희 왔어요!"

분해서 씩씩거리고 있는데 결국 아들네가 도착하고야 맙니다.

　"배달 시켰는데 여태 안 갖다 준다. 세 시간도 넘었는데! 늙은이라고 무시한 건지."

　"그럴 리가요. 입구 쪽에 있는 마트요?"

　전화를 거는 며느리.

　"407호요. 예예, 죄송합니다."

　한참 설명하던 며느리가 고개를 주억거렸어요.

　'아니, 미안하다니! 배달 안 한 놈들한테 호통을 쳐 줘야지. 아휴, 속이 저리 물러가지고!'

　전화를 끊은 며느리가 봉 여사 눈치를 살피며 조심스레 말을 꺼냅니다.

　"어머니, 호수를 잘못 말하셨네요. 한참 찾다가 돌아갔대요."

　"뭐? 아니야! 난 분명히 제대로 말했다! 자기들이 잘못 들은 거지."

　"어머니가 첫 동이라고 했다던데."

　"그래, 101동 407호라고 했지."

　"첫 동에 101호라고 했대요."

　"아니라니까!"

억울한 마음에 버럭 목소리가 올라갑니다. 그러자 나서는 아들.

"아마 순간 101호라고 나왔나 봐요."

"어머니, 저희도 그럴 때 있어요. 생각하는 거랑 다른 말이 입으로 튀어나올 때요."

'쳇, 지들끼리 한편이지.'

봉 여사, 마음이 상해 입을 꽉 닫아 버립니다. 이런 일이 한두 번이 아니에요. 그럴 때마다 매번 늙은이가 잘못한 걸로 끝내니 억울할 수밖에요. 온 세상이 저들끼리 다 짜고 나이 먹은 자신을 놀리는 것 같거든요.

'잘못되면 다 늙은이 탓인가, 원! 그놈이 잘못 들을 수도 있지.'

아들네와 보내려던 기대도, 맛있는 걸 해 주려던 의욕도 봄날 벚꽃 지듯 싹 사그라져 버립니다.

"나가서 먹고 와요. 오랜만에 바람도 쐬고."

아들이 이끌어 보지만 이미 꽁꽁 굳어 버린 마음이 쉬 풀릴 것 같지 않네요.

나를 지탱해 주는 건

아들네와 늦은 점심을 먹고 난 뒤에도 여전히 봉 여사 마음은 모래알처럼 서걱거립니다. 식당에서부터 눈치를 살피던 며느리가 차에 올라 물었어요.

"어머니, 저수지 가서 산책이나 할까요? 바람도 쐴 겸."

꿍해 있던 봉 여사 마음이 조금 누그러집니다. 구경이라면 언제든 좋으니까요.

차를 타고 동네를 조금 벗어나면 나타나는 야트막한 야산. 그 옆으로 저수지가 시원하게 펼쳐집니다. 물비늘이 햇살에 반짝반짝. 마음이 절로 잔잔해지는 풍경이에요.

둑길 옆 주차장에 차가 멈춰 섭니다. 셋은 차에서 내려 저수지 옆 둑길을 따라 천천히 걷기 시작하는데요. 처음 엔 아들네와 나란히 걷던 봉 여사가 어느 순간 조금씩 앞으로 나서네요. 그러자 아들이 말합니다.

"어머니, 먼저 가셔도 돼요."

사부작사부작 걷는 아들네보다 조금 빨리 걸어 보는데요. 거리가 점점 벌어지더니 나중엔 한참 앞서 혼자 걷고 있네요.

'사람이 어딜 가나 시원시원하게 걸어야지. 원, 답답하게 말이야.'

둑길이 끝나자 야산을 끼고 평탄하게 이어지는 산책길. 그러자 봉 여사, 지팡이를 짚고 가는 건지 휘두르며 가는 건지 걸음이 더 빨라지는군요. 멀리서 뒤따라오는 아들네에게 잘 걷는 모습을 은근 자랑하고픈 마음이에요.

'아직은 내가 쌩쌩하지! 젊은 애들이 왜 저리 힘을 못 쓰는지.'

봉여사는 무엇을 하든 남들보다 앞장서려고 합니다.

'내 속에서 난 녀석인데 저리도 딴판이라니.'

언젠가 텔레비전으로 아들과 배구 경기를 볼 때였어요. 이기면 우리나라가 대회 우승인데 그만 지고 말았지요. 너무나 아쉬워하는 봉 여사에게 아들이 그러는 겁니다.

"2등도 잘한 거예요. 2등이 있으니까 1등도 있는 거죠."

"아니지. 이왕이면 1등을 해야지! 2등을 대체 누가 알아주냐!"

그 말에 갑자기 아들과 며느리가 와하하 웃음보를 터트렸습니다.

"역시 우리 어머니! 승부사야, 승부사!"

그때는 칭찬인가 싶어 그냥 웃어 넘겼더랬지요.

먼저 도착해 쉬고 있는데 아들네가 뒤이어 도착하며 웃습니다.

"아이고, 어머니! 우리보다 더 잘 걸으시네."

그 한마디가 듣고 싶었던 듯 봉 여사, 마음이 흡족해져 활짝 웃는군요.

저수지 물결에 흔들리며 떠 있는 오리들이 한가로워 보입니다. 물가 가까이 아름드리 소나무 한 그루가 높이 솟아 있어요. 어찌나 밑동이 굵은지 장정 여럿이 안아야 할 만큼이네요. 사방으로 뻗은 가지는 너무 커서 아래로 처져 수면에 닿았을 정도예요. 그 무게를 이기지 못하고 축 늘어진 가지를 쇠기둥 지지대 여러 개가 받쳐 주고 있고요.

"이게 300년이 넘은 나무래요."

"아이구야, 오래도 살았네. 300살이라니."

그 세월을 가늠해 보니 놀랍기도 하고 부럽기도 한 봉 여사. 제 힘으로 견디기 힘들어 쇠기둥에 의지한 걸 보니 안쓰럽기도 한데요.

'너도 지팡이를 했구나. 난 하나다만 어휴, 너는 몇 개냐? 고되겠네.'

그러다 문득 자신에게도 지팡이가 여럿일지 모른다는

생각이 듭니다.

 '자식이란 든든한 지팡이도 있고, 도우미에 경로당 벗들, 그리고 이웃까지, 나도 지팡이가 제법 많구나.'

산수 공부

"여기 숙제, 다 했다!"

다 마친 숙제를 의기양양 아들 앞에 내놓습니다. 꼭 선생님한테 숙제 검사 받는 학생이 된 기분이에요.

언제부터 아들에게 숙제를 받아 보았을까요? 2년 전쯤 봉 여사가 통 기운을 차릴 수 없던 시기가 있었어요. 가을이 깊어질 무렵, 한동안 알 수 없는 서러움이 밀려들어 봉 여사를 괴롭혔지요. 잠도 제대로 못 자고, 먹지도 못하고, 한없이 눈물만 쏟아졌는데요. 떠오르는 생각은 오로지 한 가지.

'이제 죽을 때가 됐나 봐.'

하도 기운을 못 차리니까 아들네 집에서 지냈어요. 그래도 상황이 별반 달라지지 않았습니다. 눈만 감으면 죽은 이들이 꿈에 나타나고, 섬뜩해서 눈 뜨면 서글프고, 다시 잠들기는 무서웠고요.

며느리랑 병원을 찾았는데 의사를 보자마자 봉 여사는 폭포처럼 하소연과 눈물을 쏟아 냈지요.

"그냥 다 아파요! 여기저기 다. 안 아픈 데가 없어요!"

오랫동안 이어지는 말을 가만히 듣던 의사가 옆에 서 있던 며느리에게 조용히 말했습니다. 그 소리가 너무 작아 봉 여사는 다 알아들을 수 없었지만요.

"몸보다 마음이 아프신 것 같네요. 이맘때 어르신들이 많이 우울해지세요. 심하면 치매기도 좀 올 수 있고요."

그날부터였어요. 아들은 어디가 아프냐고 묻는 대신 더하기 문제를 자꾸 묻는 겁니다. 만사가 귀찮아 아무 말도 하고 싶지 않은데 머릿속에선 저절로 계산이 되는 거예요. 다른 문제를 내고, 또 내고. 봉 여사는 치매 검사를 하나 싶어 열심히 대답을 했지요.

"어머니, 이 문제 한번 풀어 보세요."

다음 날 아들이 내민 종이엔 '8+9', '17+6' 같이 쉬운 산수 문제가 적혀 있었어요.

'애 좀 보게. 아무리 내가 죽을 때가 다 됐다지만 이렇게 쉬운 걸 풀라고 하네.'

그때까지 누워만 있던 봉 여사, 벌떡 일어나 앉아 하나씩 풀어 보았는데요. 뚝딱 열 문제를 다 풀었는데 아들은 다섯 문제나 틀렸다는 거예요.

'뭣이라? 겨우 50점이라고? 내 머리가 진짜 어떻게 된

게 아냐?'

집중해 다시 틀린 문제를 풀어 보았는데 다음에도 두 개나 틀렸어요.

'내가 곗돈 굴릴 땐 계산기 없이도 이자 한 푼 틀림없이 척척 계산하던 사람인데.'

봉 여사, 자존심도 상하고 그럴 리가 없다 싶어 100점이 나올 때까지 몇 번이고 다시 풀어 보았지요. 그런데 이상하게도 그 문제들을 푸는 동안엔 아프지도, 눈물이 나지도 않았어요.

다음 날, 봉 여사는 바로 아파트로 돌아왔습니다. 아들에게 받은 산수 문제지를 잔뜩 챙겨 들고서요.

그 뒤로 매주 토요일마다 아들은 산수 문제로 앞뒤를 꽉꽉 채운 숙제를 여러 장 갖고 옵니다. 처음엔 덧셈만 했는데, 점점 뺄셈에 이어 곱셈과 나눗셈까지. 두 자리 계산에 이어 이젠 세 자리 문제를 푸는 단계예요.

"와, 덧셈, 뺄셈은 100점이시네. 여기 곱셈에서 한 개, 나눗셈에서 두 개 틀렸고요."

계산기를 두드리며 빠르게 빨간 동그라미를 치던 아들이 말합니다.

"세 개나 틀렸냐? 계산기로 확인까지 다 했는데? 이상하다.”

분명 100점을 자신했는데 틀린 게 있다니 실망이에요. 아들에게 시험지를 받아 들어 살펴봅니다.

“그래도 정말 잘하셨어요. 자릿수 맞추는 거랑 숫자를 잘못 써서 틀린 거지. 실수, 실수!”

아들이 못해서 그런 게 아니라는 걸 강조하지만 봉 여사, 바로 연필을 들어 다시 풀어 보네요.

“이럼 됐냐?”

아들이 받아 확인을 하고는 빗금 친 선을 이어 동그라미로 만들어 주자 그제야 봉 여사 마음에도 둥근 달이 떠오른 듯 환해집니다.

‘내가 학교에 다녔으면 공부를 잘했을 텐데.’

글짓기 숙제

"글짓기 숙제는요?"

"다 했지. 옜다!"

"이렇게 다 하시면서 어머니도 엄살은."

처음 아들이 글쓰기 숙제를 내밀었을 땐 아예 해 볼 생각도 않고 손사래부터 쳤더랬지요.

"야, 난 이런 거 못 한다!"

제대로 한글을 배워 본 적이 없어 글자 앞에선 한없이 작아지는 봉 여사. 아무 받침이나 엉터리로 받쳐서 겨우 쓰는 글인데 글쓰기라니, 가당치도 않다고 여겼어요.

"아니, 왜요? 해 보지도 않고."

고집이라면 봉 여사 못지않은 아들.

"눈도 안 좋고. 내가 글 쓸 줄 알았으면 공부를 했지, 이렇게 살았겠냐."

그때 며느리까지 거들고 나섰어요.

"어머니 글자는 제가 다 알아볼 수 있으니까 그냥 편하게 쓰세요. 소리 나는 대로. 어머니 살아온 얘기들 저한테 들려준다는 생각으로.”

'얘가 애들을 가르쳐서 그런지 사람 마음을 꾀는 재주가 있다니까.'

아들에게는 고집을 부려도 이상하게 며느리에게는 그러기가 힘든 봉 여사.

“뭐가 궁금한데? 내가 다 말해 주마.”

“어머니 어린 시절도 궁금하고요. 처녀 적도 궁금하고요. 뭐 하면서 놀았을까? 친구는 누구였나? 혼자 무서울 땐 어떻게 참을까? 뭐 그런 거요.”

“그런 게 왜 궁금하냐?”

“어머니 인생이니까 궁금하죠. 글자 틀릴까 봐 걱정 마시고, 그냥 저한테 말하듯이 써 보세요.”

그렇게 해서 글쓰기 숙제가 시작된 겁니다.

아들은 다 들으라는 듯이 글쓰기 숙제한 걸 꼭 큰 소리로 읽습니다.

“아직도 자신 있는 건! '그거야 내 손으로 밥해 먹을 수 있다는 거다. 빨래야 세탁기가 하니 별 게 없고. 이런 글이라도 쓸 수 있다는 것이 자신 있는 거겠지.' 우와, 잘 쓰셨네요.”

아들은 이어서 다음 글도 읽습니다.

"자, 다음 건 '글을 쓰면 마음이 밝아진다. 좋은 글이나 안 된 글이나 글은 글이니 무조건 써 보자.' 하하, 재미있네요."

"잘 쓰셨어요, 어머니."

며느리 칭찬에 한껏 신이 나는 봉 여사. 그런데 다음 장을 든 아들이 고개를 갸웃.

"왜, 잘못 썼냐?"

봉 여사, 틀렸을까 봐 바짝 조바심이 입니다.

"문제가 '감정이란', 이건데 어머니는 '그 할멈은 아무것도 하지 않고 그냥 밥이나 한 수저 뜨고 앉아 있다가 병원에 간다고 하면서도 매일 경로당에 출근을 한다.' 이렇게 쓰셨네?"

"그게 왜? 있다, 경로당에 그 할멈. 이름이 감정이인데?"

"와하하!"

갑자기 아들과 며느리가 박장대소 하며 쓰러집니다. 영문도 모르고 봉 여사도 같이 웃는데요. 아들네와 이리 웃는 시간이 봉 여사는 행복합니다.

"자, 다음 숙제. 깊은 산에 나물하러 갔던 순이가 호랑이를 만났는데……."

두어 달 전부터 새로 시작한 숙제는 뒷이야기를 지어

내는 겁니다. 옛이야기를 좋아하는 봉 여사가 아주 재미있어 하는 숙제인데요. 주인공 순이가 꾀를 내어 호랑이를 피하고 스님 덕에 고생하며 산 어린 날의 보답을 받아 잘 사는 것으로 이야기 끝. 쓸 때는 몰랐는데 아들이 읽는 걸 들어 보니 이야기가 퍽이나 마음에 듭니다.

"어머니도 재미있으시죠? 어머니가 지어내신 건데 이건 창작하는 예술가들이 하는 일이에요. 그러니까 어머니도 창작을 하신 거예요."

며느리까지 나서 치켜세워 주니 기분이 한껏 부풀어 오르네요.

'이걸 경로당에 갖고 가 보여 줄까?'

"근데 어머니, 여기 '듯러라'는 '리을' 받침이에요. '들어라', 이렇게요."

아들 지적에 순간 자신이 없어진 봉 여사, 아쉬운 듯 입을 쩝 다십니다.

'틀린 글자만 없어도 갖고 가는 건데.'

223

이별

"어머니, 이제 가 볼게요."

한참 왁자하게 얘기하며 웃던 아들네가 주섬주섬 옷을 챙기며 일어서네요.

'벌써 갈 시간이 됐나?'

어디선가 쓸쓸한 바람이 휑 불어옵니다. 아들이 결혼하고 매주 토요일마다 이렇게 만났다 헤어지기를 벌써 20년째. 익숙할 만한데도 점점 더 어려워지는 듯해요. 아쉬운 마음을 떨쳐 내려고 일어서 건넌방으로 갑니다.

"여기 휴지랑 라면 가져가라."

봉 여사가 건넌방에 쟁여 둔 물건들을 바리바리 들고 나오는데요. 그걸 본 아들이 화장실로 가다 말고 한마디 합니다.

"어머니, 공짜 물건 좀 그만 받아 오세요."

"공짜로 주는 걸 왜 안 받아."

아들이 화장실 문을 닫자마자 봉 여사, 검은 봉지를 며느리 손에 슬쩍 쥐어 주며 눈을 끔뻑. 어리둥절한 며느리가 조용히 묻는데요.

"어머니, 이게……?"

"쟤가 열이 많아 여름에 고생이 많잖냐. 이거 대나무로 만들어 땀띠 안 나고 시원하대."

그냥 "네" 하고 눈치껏 집어넣으면 좋으련만. 작은 소리로 재빠르게 속삭이는 사이 기어이 며느리가 상자를 열어 봅니다. 그 안에 든 팬티를 꺼내 살피더니 상자를 이리저리 돌려가며 거기 적힌 걸 읽어 보는데요. 이런! 마침 화장실서 나오던 아들이 그걸 보고 말았네요.

"결국 사셨네, 사셨어. 이런 걸 왜 사요? 얼마를 줬는데요, 또!"

"별로 안 줬어. 세일해서 반값에 산 거야."

"반값은 무슨. 그걸 어떻게 믿어요! 사기꾼 같은 그 사람들을!"

아들 목소리가 커집니다. 덩달아 봉 여사 마음에 뜨거운 불길이 확 치솟습니다.

"아니, 더위에 힘들어 하는 아들 생각해서 산 건데, 그게 뭐 어때서! 너도 부모라 알 거 아니냐! 자식 생각하는 부모 마음이 어떤 건지!"

소리치다 보니 문득 복받쳐 눈물이 글썽. 그 바람에 아들 기세가 좀 누그러지는데요. 봉 여사의 눈물 바람을 이길 무기가 아직 아들에겐 없는 모양이에요.

"어휴, 알았어요, 알았어! 대신 이번만이에요."

"그래, 내가 다시는 안 사. 걱정 마. 이게 마지막이야!"

이때다 싶어 봉 여사, 아들을 떠밀며 어서 가란 시늉을 하는데 며느리가 상자를 닫아 챙기며 한마디 합니다.

"갖고 갈게요. 그런데 어머니, 요즘은 뭐든 마트나 인터넷 쇼핑에 다 있어요. 다른 나라 것까지도 집에서 컴퓨터로 얼마든지 주문할 수 있으니까 좋은 것 있으면 제가 직접 살게요."

"그래, 알았다, 알았어! 다신 안 산다! 안 사! 안 사!"

결국 봉 여사는 녹용 액을 샀다는 얘기는 쏙 빼놓았어요. 그랬다간 원산지가 어떠니, 만든 곳이 어떠니, 다시 한바탕 입씨름을 해야 할 판이니까요.

현관문 앞에서 아들이 두 팔을 벌립니다. 봉 여사가 아무 말 않고 그 품에 쏙.

나쁜놈

"어머니, 일주일 잘 보내시고, 떳다방 유혹에 넘어가지 마시고,

숙제도 열심히 하시고요."

언제 큰소리를 냈냐 싶게 아들이 다정하게 안아 줍니다. 아들 품에 꼭 안긴 봉 여사 마음도 포근포근해지네요.

"어머니, 저도요."

뒤이어 며느리도 안아 줍니다. 이별은 싫지만 이렇게 안아 주는 순간만큼은 너무나 좋습니다.

'생기를 가진 것과 따스한 살 부대낄 일이 앞으로 얼마나 있을까?'

아들과 며느리 품에 안긴 이때만큼은 아흔 봉 여사도 아홉 살 어린 날로 돌아가 어머니 품에 안긴 듯합니다.

혼자 남겨진 시간

아들네가 사라지고 현관문이 쿵 닫히는 순간, 홀로 내버려지는 것 같은 봉 여사. 이내 아들네를 따라나서고 싶어지는데요. 다시 문을 열어 보니 저 멀리 복도 끝에 엘리베이터를 기다리는 아들네가 보입니다.

"잘 가. 조심해서 천천히 운전하고."

손을 흔드는데 엘리베이터가 아들네를 삼켜 버립니다. 그럼 이번엔 베란다로 달려가지요. 조금 뒤 아들네가 아파트 밖으로 나와 주차장으로 걸어갑니다. 고개를 들어 위를 쳐다보는 아들과 눈이 마주치자 웃으며 손을 흔들지요.

하지만 그것도 아주 잠시, 둘이 탄 차가 금세 아파트 단지 밖으로 사라지고 말아요. 그때까지도 창에 매달려 아들네가 사라진 곳을 오래도록 바라보며 서 있는 봉 여사. 한참 뒤에야 소파로 와 털썩 주저앉습니다.

'휴.'

온몸에서 기력이 쫙 빠져나간 듯 힘이 하나도 없어요. 그저 텔레비전 화면만 멍하니 바라봅니다. 좀 전까지 웃

음과 얘기꽃으로 생기 넘치던 집안이 시들시들하네요. 다시 홀로 남겨진 시간.

봉 여사는 일찍 혼자가 되었지만 늘 챙겨야 할 누군가가 옆에 있어 외로움을 모르고 살았습니다. 열 살 무렵엔 돌아가신 어머니 대신 어린 동생을 키워야 했고, 아버지를 도와 살림을 했지요. 첫 결혼 뒤엔 시부모에 형제들까지 대식구가 북적북적. 재혼 후엔 남편은 세상을 떴어도 책임질 자식들이 있었고요. 거기에 딸이 맡긴 손녀에 고향에서 올라온 조카들까지. 게다가 생활비를 벌 요량으로 하숙까지 치느라 좁은 집안은 언제나 사람으로 바글바글. 한시도 혼자인 적이 없었어요.

그러다 늦게 결혼한 아들이 따로 나가 살림을 차리면서 비로소 완전히 혼자가 됐습니다. 늘 다른 사람을 위해 밥상을 차렸는데 혼자 먹자고 장을 보고 음식을 하는 게 얼마나 헛헛하던지. 가슴에 커다란 구멍이 뻥 뚫린 듯 오래오래 힘들었더랬지요. 이미 20년 전 얘기입니다.

이제 많이 익숙해졌는데도 여전히 아들네가 가고 난 다음엔 홀로 남아 쓸쓸했던 그 시절로 돌아간 듯 가슴이 텅 비어 버립니다. 황망해져 한동안 아무것도 할 수 없게 되고요.

'아들네랑 합쳐야 하나? 이제 때가 된 건가?'

그런 생각을 하며 세간살이를 휘익 둘러봅니다. 주방에서 거실로, 이어 베란다까지. 그곳에 놓인 단출한 살림.

'뭐, 이 정도쯤이야 아직은……'

베란다에 옹기종기 모인 화분들에 자라난 온갖 꽃들과 푸성귀들, 다 자신이 직접 가꾼 것들이라 뭉클뭉클 애정이 한없이 솟아납니다.

'아고, 상추! 상추를 못 줬네.'

문득 어제 따 놓은 게 떠오릅니다. 한 줌이지만 못 준 게 못내 아쉬운데요. 그러다 아들 주려고 볶아 놓은 멸치 볶음도 생각나고요. 식탁 위에 며느리가 가져온 과일 봉지며 반찬통이 그대로 놓인 것도 눈에 들어오네요.

'냉장고에 넣어 둬야지. 상할라.'

갑자기 할 일이 떠오르자 언제 그랬냐 싶게 벌떡 일어나는 봉 여사. 주섬주섬 뒷정리를 합니다.

식탁 정리를 끝내자 아들이 남기고 간 숙제를 꺼내 보는데요.

"어머니, 오늘부터는 새로운 숙제도 있어요."

"지금도 많은데 더 어떻게 하냐! 난 못 해!"

말로는 엄살을 떨었지만 속으로는 은근 기대합니다.

'뭐지? 새로운 숙제가?'

호기심에 반짝 불이 켜진 봉 여사. 한번 훑어보려고만 했는데 산수 문제지가 먼저 보이자 저절로 머릿속에서 계산기가 작동하네요.

'235 더하기 120이라……. 355구만. 이렇게 쉬운 걸 냈네, 애가.'

나머지 문제도 얼른 풀고 싶어 근질근질. 책상을 바짝 가슴께로 끌어당겨 앉습니다. 오후 해가 다 기울도록 꼼짝도 않고 열심이에요.

공부를 했더라면

"에고고, 허리야."

산수 숙제를 다 마친 봉 여사, 내내 웅크렸던 허리를 쭉 폅니다.

"등짝이고 어깨고 안 아픈 데가 없네. 눈도 침침하고."

숙제할 때는 무슨 정신인지 그런 생각이 전혀 안 듭니다. 아들은 한 번에 다 하지 말고 일주일 동안 나눠서 조금씩 하라지만 막상 산수 문제지만 보면 꼭 끝장을 보고 말지요.

'산수를 풀고 있으면 꽉 막혔던 머리가 훤히 열리는 것 같다니까.'

이리저리 계산을 하다 정답이 딱 나올 때 기분이란! 채점한 아들이 "100점!"이라고 외칠 땐 더 짜릿하고요. 축구 경기에서 골인하는 걸 보는 것만큼이나 신나지요.

그에 비하면 글쓰기 숙제는 좀 부담스러워 뒤로 미루는 편이에요. 뭘 쓸지보다 무슨 받침을 받칠지가 더 고민이니까요. 잘 썼다고 칭찬은 듣지만 100점이 없는 것도 살짝 아쉽고요.

"어머니는 산수만 좋아하셔. 옛날에 계를 많이 해서 그런가?"

"내가 젊어서부터 유독 셈하는 게 밝긴 했다. 그러니 배운 것 없이도 실수 없이 그렇게 오래 계를 운영했지."

문간방을 간이로 고쳐 구멍가게를 할 때도 그랬습니다. 장사를 하다 보니 그게 자신의 적성에 딱 맞다는 걸 알았지요.

"장사가 그렇게 재미나더라. 그 작은 구멍가게에 없는 거 없이 다 구색 갖춰 팔았으니까 참 장사가 잘됐어."

그 시절을 떠올리면 자기 인생에서 가장 짜릿하고 기운이 팔팔하던 때라고 느낍니다. 무슨 일이든 겁도 없이 덤벼들었던 봉 여사. 계를 조직하고, 구멍가게를 운영하고, 하숙을 치고. 뭐든 생각이 떠오르면 행동으로 옮기는 데 주저함이 없었으니까요.

"겁이 없었어, 내가. 젊을 때야 뭐 겁날 게 있냐? 성한 몸 하나면 못 할 게 없지."

자신에게도 그런 젊음의 한때가 있었다니, 아득하기만 합니다.

"내가 장사를 계속했으면 아마 사업을 해서 큰 부자가

됐을지도 몰라.”

 “어머니는 산파일도 잘하셨잖아요. 공부를 했으면 그쪽 일을 하셨을지도 모르지요.”

 며느리가 하는 말이 맞는 것도 같습니다.

 ‘맞아. 배운 적도 없는데 그렇게 낳기 어려운 애들을 내가 다 받아 냈잖아?’

 처음 아이를 받았던 때를 떠올려 봅니다. 한밤중에 다급히 찾아온 이웃이 자기 며느리가 애 낳는다며 도와 달라 했는데 무슨 배짱으로 그때 따라나선 건지. 서른 중반 때였어요.

 “배운 적도 없이 어떻게 애를 받으셨어요? 무섭지 않으셨어요?”

 “그때는 원체 겁이 없었어. 피를 펑펑 쏟으며 산모가 혼절해 있는데 애는 못 나오고, 그 집 시어머니는 당황해 넋 놓고 있고.”

 “어휴, 위험했네요. 잘못되면 어쩌시려고.”

 “이상하게 더 침착해지더라. 아기를 살려야겠다는 생각만 또렷해지고. 정신 차리라고 산모한테 호통치며 깨우고, 힘주기 편하게 이리저리 자세 잡게 해 주다 보니 무사히 애가 나왔어. 사내놈이.”

"와, 보람 있었겠다."

"그놈이 다 커서 쇠고기 한 근 들고 인사도 왔었다."

그때 일이 소문났는지 이후로도 열 명쯤 아이를 더 받아 냈어요. 거꾸로 앉은 애도 있었고, 탯줄을 목에 감은 애도 있었고. 정말 끝인가 싶게 어려운 경우들이었는데요. 하늘이 도왔는지, 자신이 진짜 산파 팔자였던지 다들 건강히 태어났지요.

"내가 받은 아이들이 동네서 커 가는 걸 보면 진짜 뿌듯하더라. 그래서 어려운 일을 하는 사람들이 있나 봐. 하고 나면 보람이 더 크니까 말이다."

잠시 옛일을 더듬던 봉 여사, 다 푼 산수 문제지를 가지런히 모아 놓습니다.

'내가 학교만 다녔어 봐. 사업이든 의사든 간호사든, 아무튼 뭐가 됐든 됐을 거야.'

산수 문제를 풀 때마다 이제 영영 피워 보지 못할 자신의 씨앗들이 아쉽기만 합니다.

치매 걱정

잠자리에 들기 전 양치질을 하러 욕실에 들어갔던 봉여사. 수납장에서 수건을 꺼내다 엉뚱한 것을 발견합니다.

"아니, 이게 뭐야!"

어제 경로당에서 가져온 묵. 정 씨가 집에서 만들었다며 남몰래 가방에 넣어 준 게 떠오릅니다.

"이게 왜 여기서 나와!"

냄새를 맡아 보니 이미 쉰내가 물씬. 아까운 마음 반 한심함이 반.

'에고, 아까워라. 애들이랑 먹으려고 했는데…….'

앞뒤를 맞춰 보면 아마 묵을 든 채 수건을 꺼내려고 욕실까지 왔다 수건을 꺼낸 자리에 묵 봉지를 넣은 게 아닐까 싶은데요. 어처구니가 없어 헛웃음만 나옵니다. 이런 일이 한두 번이 아니거든요. 자신이 놓아 둔 물건을 못 찾거나 무얼 꺼내려 했는지 잊어버리는 일이 다반사. 그러다 기억나면 다행인데 끝내 떠오르지 않을 때가 더 많지요. 그때마다 치매일까 봐 문득문득 겁이 나는 봉 여사.

불안한 마음을 아들에게 내비
치면 "아이고, 어머니! 저희도 그
런 건망증은 다 있어요"라고 하
지만 그런 위로가 봉 여사의 걱정
을 달래지는 못합니다.

 '흥, 젊은 자기들이 깜빡하는
거랑 구십인 내가 깜빡하는 거랑 같아?'

 늙는 건 어쩔 수 없어도 어떻게든 치매는 막아야 한다
고 생각하는데요. 묵을 버리고 나서 소파에 앉아 골똘히
생각해 봅니다. 보건소 직원은 치매 검사 할 때마다 나이
에 비해 정말 잘한다고 칭찬해 주지 않았던가요.

 '그 사이에 벌써 실력이 떨어졌나? 100에서 7을 빼면
93, 93에서 7을 또 빼면……'

 미간에 주름이 잡히도록 집중하며 머릿속 계산기를 눌
러 봅니다.

 '다음이 86, 거기서 또 7을 빼면 음…… 79, 또 7을 빼면
72, 그리고, 그리고……'

 다음은 도저히 생각나지 않아요. 보건소에서 검사할
땐 60대까지도 갔는데 말이지요. 갑자기 아무것도 떠오
르지 않아요.

처음부터 다시 시작.

'100에서 7을 빼니까 93, 또 7을 또 빼면 86, 그리고……'

마음이 급해서 그런지 생각이 더 깜깜하게 막히네요.

'어쩌지? 어쩌지?'

진짜 치매라도 걸린 듯해서 불안으로 가슴이 철렁. 더 짧게 끝난 계산에 손에는 땀이 진득하네요. 땀을 옷에 쓱쓱 닦고는 종이를 꺼내 하나씩 답을 써 봅니다.

'괜찮으려나, 내 머리?'

옛이야기 속으로

저녁 8시. 이불 속에 들어가기엔 너무 이른 시간이에요.

'오랜만에 책이나 읽어 볼까? 치매 예방에도 좋다고 하니까.'

침대 옆 선반에 옛날이야기책이 여러 권 꽂혀 있어요. 다 봉여사가 읽은 책인데요. 책이라곤 절에 다닐 때 뜻도 모르고 소리만 따라 읽던 불경 책이 전부였던 봉 여사, 선반에 꽂힌 책들을 볼 때마다 뿌듯합니다.

'아이고야, 언제 내가 이렇게 많이 읽었대?'

몇 년 전 텔레비전이 없는 아들집에서 지낼 때였어요.

"어머니, 이거 한번 읽어 보세요."

봉 여사가 무료해 하자 아들이 손녀가 어릴 때 읽던 그림책을 내밀었는데요. 그렇게 시작된 게 점점 글자만 있는 이야기책도 읽게 된 것이지요.

봉 여사는 특히 옛날이야기가 재미있었어요. 부모 잃은 고아가 갖은 고생 끝에 복을 받아 잘살게 되는 이야기, 고생하는 아이에게 온갖 동물이 나서서 도와주는 이야기, 어려운 일을 해내고 금은보화를 얻는 이야기가 마음에 쏙 들었거든요.

'이렇게 재미난 세상도 있다니.'

그제야 알 것 같았어요. 아들이나 며느리, 손녀가 왜 책만 붙들고 사는지요.

"사람 사는 집에 텔레비전도 없이 무슨 재미로 사냐?"

이러던 봉 여사가 밤새 책을 읽다 아들한테 들키기도 했어요.

"어머니, 무슨 책을 잠도 안 자면서 읽으세요!"

그 말은 밤새 만화책을 붙들고 잠 안 자던 어린 아들한테 자신이 하던 잔소리였어요. 그제야 '신선놀음에 도낏자루 썩는 줄 모른다'는 게 무슨 말인지 알 것 같았지요.

"오늘은 뭘 읽어 본다지?"

봉 여사가 제일 좋아하는 고아 이야기를 골라 봅니다. 어릴 때 부모를 잃고 온갖 고생 끝에 금은보화를 얻어 대궐 같은 집에서 행복하게 잘사는 이야기. 다 그렇게 마무리되니 정말 좋습니다.

'역시 초년에 고생하면 말년에는 좋다는 말이 다 맞는 말이야.'

책마다 그렇게 이야기가 끝나니 그게 증표라고 철썩

같이 믿고 있는 봉 여사.

'책에 거짓말을 쓰진 않았을 테지. 나도 어려서부터 그렇게 고생했으니 말년 복은 좋을 거야, 틀림없이.'

오늘도 고아 소녀가 나오는 이야기책을 꺼내 들고 침대 위에 엎드립니다. 아들 잔소리가 또 귓전을 울리네요.

"어머니, 안압도 높아지고 허리에도 안 좋아요. 제발 일어나 앉아서 읽으세요."

'어릴 때 눈 나빠진다고 일어나 텔레비전 보라 했다고 어째 나한테 똑같이 그러냐? 내가 꼭 지 자식인 것마냥.'

그렇다고 아들 잔소리가 봉 여사를 말리지는 못하지요. 침대 위에 엎드려 스탠드 불빛에 비추며 책을 읽다 보면 시간 가는 줄도, 허리 아픈 줄도 싹 다 잊으니까요. 책 속으로 들어가 온갖 세상을 다 살아 보는 재미에 오롯이 빠져듭니다.

그렇게 한참 읽었다고 생각은 하는데 막상 오래 버티지는 못해요.

"아이고, 눈이 부연 게 영 침침하네."

백내장 수술로 좀 환해졌다 싶은 눈이 요새 다시 흐려져 안경도 소용없어요. 시력 좋다고 오십 줄밖에 안 된 며느리 앞에서 바늘에 실을 꿰어 보이기도 했던 봉 여사인데 말이지요. 이제는 아무리 눈을 크게 떠 봐도 글자가 자꾸만 뭉개져 보일 뿐이에요.

'아휴, 눈만 안 아프면 더 읽을 텐데. 마음이 시켜도 몸이 안 따라 주는구먼.'

한가한
일요일

불면의 밤

봉 여사, 지난밤에도 몇 번이나 자다 깨다를 반복해야 했어요. 엎치락뒤치락하다 창이 훤하게 밝아올 때쯤에야 겨우 토막 잠을 잤지요. 얕은 잠 때문인지 늙어 소변을 오래 참지 못하는 탓인지 자다 말고 화장실에는 또 얼마나 자주 들락거렸는지.

이것도 병인지 고민하다 언젠가 며느리에게 말했더니.

"나이 들면 요실금이 생겨서 자주 화장실에 가고 싶어진대요."

며느리만 그런 소리를 하는 게 아닙니다. 아들도 같은 소리.

"잠 자주 깬다고 병이 아니에요. 나이 들면서 잠들게 하는 호르몬이 줄어든대요. 다 그렇대요. 어머니만 그런 게 아니고."

'나이 들면, 나이 들면. 아이고, 지겨워, 그 소리!'

의사를 찾아가도 마찬가지.

"어르신, 다른 이상은 없고 노화로 그런 것이니 마음 놓으세요.”

　‘늙어서 그런 거라고 마음 놓을 수가 있나, 원. 푹 잘 수 있어야 마음 놓는 거지.’

　어디가 아프든 죄다 나이 들어 그렇다니 봉 여사, 늙어서 그렇다는 얘기처럼 듣기 싫은 게 또 없습니다. 그 말은 약이 없다는 소리니까요.

　‘늙으면 잠도 푹 못 잔단 말이야? 젊어서는 잠이 너무 넘쳐 탈이더니.’

　그땐 할 일은 많은데 잠은 또 얼마나 쏟아졌는지. 밤늦도록 잠 쫓아가며 일을 하다 어디든 머리만 닿으면 바로 곯아떨어지기 일쑤. 아무렇게나 쓰러져 쪽잠을 자다 동트기 전에 일어나 물 길어 오고 밥하고, 또 밭으로 들로 바다로. 모든 걸 몸으로 때우던 시절이니 밀어닥치는 잠을 참는 게 정말 괴로웠더랬지요.

　‘참 불공평하지. 나이 들어 시간이 많아지니 이젠 잠이 잘 안 오다니.’

　“언니, 괜히 참지 말고 수면제 먹어요. 다들 그래요.”

　불면증 때문에 고생하는 경로당 벗들은 수면제를 먹는다지만 봉 여사는 그것만은 피하고 싶어요. 꼭 마취약 같아 왠지 꺼림직하거든요.

'수술할 때 마취하면 기억력이 떨어진다는데 그걸 왜?'

전에는 바로 떠오르던 배우들 이름을 까맣게 잊어버린 게 다 위 수술 때 전신마취를 한 탓인 것만 같거든요. 그래서 위 검사 받을 때도 수면 내시경은 절대 안 하는 봉 여사예요.

'지금도 안 좋은데 더 왕창 나빠지면 어떡하나? 잠들었다 영영 못 깨어나면?'

간밤처럼 잠을 제대로 못 잔 날이면 기운이 없기도 하지만 무엇보다 머리가 쪼개질 듯 아파서 괴롭습니다.

'우울증 같이 정신을 고치는 약도 있다는데…….'

요즘은 기술이 좋아져 병원에서 못 고치는 게 없는 세상인데 왜 한 번 먹으면 잠도 깊이 자고 오줌 자주 마려운 병도 싹 고쳐 주는 약은 안 나오는지 이상합니다.

'조금 더 기다리면 그런 약이 나오려나?'

못다 잔 잠을 벌충하려고 이불 속에서 꼼지락꼼지락. 부지런한 봉 여사도 한없이 게을러지는 한가한 일요일 아침이에요.

자유가 좋아

아침 시작이 많이 늦어졌어요. 간밤에 잠을 설친 탓에 이불 속에서 꼼지락대다 설핏 다시 잠들고는 해가 중천에 올라서야 눈을 떴습니다. 그래도 평소처럼 벌떡 이불을 박차고 나갈 의욕이 일지 않아요. 이런 날은 아무것도 하지 않고 종일 이불 속에만 있고 싶어지는데, 꼬르르 배에서 일어나란 신호를 보냅니다.

'아, 혈압 약!'

하는 수 없이 천천히 일어나 냉장고를 열어 봅니다.

'뭐가 좋을까나. 밥은 먹기가 싫은데.'

냉장고 야채 칸에 보이는 감자 몇 알, 그걸 삶아 먹기로 합니다.

'설거지도 줄이고 좋지 뭐.'

빨리 익게 작은 걸 골라 씻어서 전자레인지에 넣습니다. 그리고 찌기 버튼만 누르면 끝. 감자가 익기를 기다리면서 바로 텔레비전 앞으로 갑니다.

"뭐, 재미난 게 있나?"

일요일은 갈 곳도, 할 일도 없으니 텔레비전이 종일 자신과 같이 놀아 줄 벗이에요. 볼 게 별로 없어도 적막한 집에서 사람 소리를 내 주니 고맙지요. 전기밥솥에서 밥이 다 됐다고 알리는 소리마저 사람 목소리를 닮아 반가울 때가 있으니까요.

감자 익는 냄새가 솔솔 풍기더니 전자레인지가 땡 멈춥니다.

"아이고, 냄새가 좋다! 맛나겠네."

솔솔 김이 오르는 감자를 그릇에 담고 소금까지 챙겨 들어 다시 텔레비전 앞으로 가는 봉 여사.

'이렇게 혼자도 좋지 뭐. 눈치 볼 것 없이 먹고 싶을 때 먹고, 쉬고 싶을 때 뒹구니 이게 상팔자지.'

물론 외로운 순간도 자주 찾아옵니다. 깊은 밤에 혼자 깨어 말벗도 없이 우두커니 텔레비전을 볼 때, 맛있는 걸 해 먹고 싶은데 혼자 엄두가 안 날 때, 불 꺼진 집에 들어설 때, 아들네가 떠들썩하게 있다가 가 버린 적막한 집에 혼자 남을 때. 그럴 땐 당장에라도 아들네와 합칠 생각이 들곤 합니다.

하지만 진짜로 아들네에서 사는 걸 그려 보다가도 이내 생각을 접는데요.

'원, 젊은 놈이 사람 북적이는 델 살아야지. 괴상하게 그런 데다 집을 지어 갖고는.'

아들네 집은 봉 여사 집에서 그리 멀지 않은 곳에 있어요. 하지만 시내가 아닌 외진 곳이라 버스에서 내린 뒤에도 한참을 걸어야 하니 봉 여사 마음대로 출타하기 어렵지요. 매번 자식 차를 얻어 타야 할 판입니다.

'그게 감옥이지, 감옥. 답답해서 어떻게 사누?'

봉 여사는 아들네가 사는 곳이 버스가 쌩쌩 달리고, 병원이 많고, 시장 가까운 도심지가 아닌 게 영 불만입니다.

차 말고도 걸리는 게 또 있지요. 아들네 집에서는 며느리 살림에 자신이 얹혀 지내야 합니다. 매 끼니마다 며느리가 차려 주는 밥상을 받아먹어야 하는데 그건 아직 먼 일 같거든요. 눈 감기 전까지 살림을 직접 살아야겠다고 바위처럼 단단한 각오가 서 있기 때문이에요. 방 하나 차지하고 가만히 앉아 차려 주는 삼시 세끼 먹으면서 텔레비전이나 종일 보며 지낸다니, 상상만 해도 끔찍해집니다.

'그건 송장이나 다름없지 뭐야. 산송장.'

아들 눈치 보면서도 아직까지는 시내 아파트에 혼자 살겠다고 고집부리는 것도 다 그런 까닭입니다. 소소하게 아픈 것이야 동네 병원에 걸어가서 치료받을 수 있고, 일어나고 싶을 때 일어나고, 먹고 싶을 때 먹을 수 있으니까요. 게다가 경로당 벗들도 있고요.

'돈도 벌 수 있잖아? 내 나이에 일하는 게 어디 쉬운가?'

텔레비전을 보면서 먹다 보니 어느새 찐 감자 세 개가 뚝딱. 이제 몸을 일으켜 하루를 시작해 볼까 잠시 고민을 하다가.

"에라, 좀 있다 하지 뭐."

아예 소파에 벌렁 누워 버립니다. 그리곤 재미난 걸 찾아 이리저리 리모컨을 돌려 봅니다.

글 쓰는 즐거움

커다란 거실 창으로 햇살이 환하게 쏟아져 들어옵니다.

'슬슬 움직여 볼까?'

텔레비전 앞에서 한참 늘어져 빈둥거렸더니 숙제를 해 볼 마음이 생기네요. 앉은뱅이 책상을 무릎 앞으로 바짝 당겨 앉습니다. 경로당 갈 때는 여유가 없으니 쉴 때 최대한 많이 해 놔야겠다 싶은 거지요. 산수 숙제는 어제 이미 마쳤으니 글쓰기 숙제만 남았어요. 휘리릭 걷어 보니 평소보다 몇 장이 더 많아요. 아들이 했던 말이 떠오릅니다.

"따라 쓰기 문제 추가했어요. 천천히 따라 쓰면서 글에 담긴 뜻도 생각해 보세요."

"야, 글이 왜 이렇게 기냐. 눈도 안 좋고 못 써."

"이건 글자 연습이에요. 좋은 말씀이 써진 책에서 고른 거라 내용도 좋고요."

그걸 먼저 꺼내 들고 찬찬히 읽어 봅니다.

"인생은 강물과 같습니다."

이런 말 뒤로 계속 글이 이어지는데요.

'인생이 강물 같지, 그럼. 한 번 가면 다시 오지도 않고. 돌아보면 어느새 흘러가 버리고 없고.'

책에 자기 생각이랑 똑같은 말이 씌어 있다니, 뒤에 뭐라 더 씌어 있을지 궁금해집니다. 뒤로 이어지는 글을 소리 내 읽어 봅니다. 강물처럼 흘러가 버리는 인생에서 찾아야 할 희망과 꿈에 대해 이야기하고 있는 것 같은데요.

'늙은이한테 무슨 희망이 있어. 그런 거야 다 젊은 사람들, 살 날 많은 사람들 것이지. 그저 건강하고 배부르고 등 따시면 그뿐.'

천천히 따라 쓰느라 한참 시간이 걸립니다. 아들은 분명 글 읽은 소감도 물어볼 텐데 뭐라 할까, 잠시 고민해 봅니다.

'내가 보기에 사람 사는 건 날씨 같은 거야. 해가 쨍하니 좋은 날도 있고, 비바람 치며 궂은 날도 있고. 그러니 궂은 날이라고 실망할 필요가 없어. 언젠가 또 날이 개니까. 인생도 그런 거지. 흠, 근데 이 말을 그때까지 기억할 수 있을라나 모르겠네.'

다른 글쓰기 숙제를 펼쳐 봅니다. 거기엔 '지금 나는'이라고 씌어 있고 뒤로 공책처럼 줄이 죽죽 그어져 있어요. 봉 여사, 잠시 생각하다 바로 쓱쓱 막힘없이 써 나갑니다.

'지금 나는 나이 생각을 하지 않기로 한다. 내가 나이 생각을 하면 일하러 가기도 싫어질 것 같다. 아무 생각 없이 건강 하나 지키고 살아가는 게 바로 나야.'

다음 장으로 넘어갑니다. 거기엔 '꽃을 가꾸는 마음은' 이라고 적혀 있네요.

"이건 쉽네. 꽃을 보면 내 마음도 같이 피어 화사해진다. 꽃을 보고 있으면 내 마음도 꽃인 양 그 속으로 들어간다. 꽃은 갓 태어난 아기처럼 조심히 다뤄야 한다. 목마르지 않게 제때 물을 줘야 하고, 잘 보살펴 줘야 한다."

생각을 소리 내 쓰다 보면 어느새 종이에 글자가 가득 채워집니다.

"다음은 뭐냐? '아무 일도 안 하는 건?' 음, 아무 일도 안 하고 사는 건 환자거나 장애가 있거나 무슨 이유가 있을 거다. 아기가 아니면 모를까. 인간으로서 그렇게 살 수가 있을까? 짐승이나 벌레 같은 종류가 아니라면 말이야."

고개를 들어 보니 벌써 한 시간이나 훌쩍 지나 있네요. 이제 남은 건 이야기 짓기. 종이에는 '호랑이가 나타나 떡하나 주면 안 잡아먹겠다는데 마침 떡이 없던 할머니는' 까지만 쓰여 있어요.

'아이고, 이거 큰일이네. 줄 떡은 없고 호랑이는 버티고

있으니.'

어떻게 구해 줄까, 이리저리 머리를 굴려 봅니다. 그러다 생각이 난 듯 글을 쓰기 시작하는데요.

'아이고, 호랑이야. 너무 야박하게 이 힘없는 늙은이한테 그러지 말아. 너도 늙어 보면 알 거다. 인생이 강물 같이 흘러 버리면 이 빠진 호랑이가 되고 만다는 걸.'

호랑이야
인생은
강물같단다
너도늙으면
알게
될거다

벗이 있어 좋아

"언니, 수제비 끓이고 있어. 어서 건너와요."

한낮이 설핏 지나는데 정 씨에게서 전화가 옵니다. 뭐라도 만들면 꼭 봉 여사를 부르는데요. 늘 '언니, 언니' 하며 곰살갑게 구니 절로 다정한 마음이 생길 수밖에요.

정 씨 집에는 늘 그렇듯 단짝인 윤 씨와 또래 벗 몇이 와 있네요. 혼자 사는 이들끼리 점심 해 먹기 싫을 때마다 자주 모여 이것저것 맛난 걸 만들어 먹곤 하지요. 그때마다 매번 봉 여사도 불러 주니 얼마나 고마운지 몰라요.

대여섯이 모이니 좁은 아파트가 꽉 찹니다. 수제비가 펄펄 끓고, 바닥에 앉은 이들은 전기프라이팬에서 쑥 부침개를 뒤집고 있네요. 고소하게 퍼지는 기름 냄새에 왁자하게 떠드는 사람들 소리까지, 흥이 절로 돋습니다.

'이게 사람 사는 집이지.'

말이라고 봉 여사를 가운데 앉히고 금세 상이 차려지는데요. 이리 대접 받으니 마음이 흐뭇해집니다.

"수제비 반죽에 쑥 넣은 거야. 어때요, 언니?"

한입 떠 넣는데 입 안 가득 쑥 향이 퍼집니다. 반죽이 어떠니, 국물이 어떠니, 부침개가 두껍니, 기름이 많니, 한바탕 펼쳐지는 수다. 그 바람에 수제비가 코로 들어가는지 입으로 들어가는지도 모르게 봉 여사, 국물까지 한 그릇 뚝딱 해치웁니다.

'역시나 음식은 여럿이 모여 먹어야 제맛이야.'

벗들과 흥에 겨워 떠들며 양껏 먹었더니 나른해지면서 옛일이 떠오릅니다. 젊었을 적 친목계 벗들이 눈에 선합니다. 남편 없이 혼자 살아 보려 애쓰던 벗들끼리 의형제를 맺어 젊은 날을 건너왔지요. 집안 경조사마다 서로 몰려가 형제처럼 거들며 살았는데요. 어버이날이라고 과부들끼리 솥단지에 장구까지 싸 들고 꽃구경 나가 춤추고 노래하며 종일 회포를 풀었던 봄날이 아련합니다. 그 열 명 중 지금은 셋밖에 남지 않았지요.

'먼저 떠난 성님이랑 아우들은 하늘에서도 서로 의지하고 있으려나?'

살아 있는 이들끼린 이제 얼굴 한번 보는 것도 어려워졌습니다. 한 명은 기억을 잃어버렸고, 다른 동생은 제 힘으로는 거동을 못하니까요. 겨우 전화로 안부나 확인할 뿐이지요.

'남문동 동생은 잘 있는가 모르겠네. 저번에 통화했을 땐 목소리가 안 좋더니만.'

그때 윤 씨가 발그레한 얼굴로 외칩니다.

"먹었으니 한판 놀아 볼까요?"

'30년이 흘러 지금은 이 젊은 동생들과 어울려 봄날을 즐기고 있구나.'

봉 여사 입가로 흐뭇한 미소가 번집니다.

이렇게 모이면 그냥 헤어지는 법이 없지요. 화투를 꺼내 본격 여흥에 불을 붙입니다. 봉 여사도 한자리 끼어 앉아 보는데요. 십 원짜리 내기라도 일단 승부인지라 속으로 승리를 다짐해 봅니다.

그러나 의욕과 달리 내리 몇 판을 다 까먹자 급격히 흥미가 떨어지는데요. 점수가 났느니, 안 났느니 한바탕 소란이 입니다. 정 씨가 나서 말립니다.

"그만해, 그만! 재미로 하는 거지 뭘 큰소리 나게 해!"

판돈으로 나온 돈을 모아 통닭 배달 시켜 먹는 걸로 마무리.

술도 한 잔씩 곁들이며 이제 수다 판으로 넘어가고. 다들 돌아가면서 텔레비전에서 본 신기한 이야기, 누구한테 들은 이야기를 하느라 와글와글. 때로 숨넘어갈 듯 깔깔

깔. 다들 열여섯 소녀마냥 웃음이 끊이질 않습니다.

그림 그리기

해가 저물 때에야 집으로 건너왔습니다. 점심을 먹고도 통닭에 과일까지 주섬주섬 먹었으니 저녁밥은 건너뛰기로 합니다. 그러자 일기를 써 놓고도 잠자리에 들기까지 한참이나 시간이 남아도는데요.

'이제 뭘 하며 이 많은 시간을 보내 볼까나?'

신나게 놀다 와서인지 텔레비전만 보긴 싫습니다. 뭔가 더 흥미로운 걸 하고 싶은데요.

'오랜만에 그림이나 그려 볼까?'

아들이 권해서 조금씩 그려 보던 것이 벌써 10년이 넘었네요. 처음엔 곁에 보이는 그릇이나 화분 같은 걸 일기장 구석에 조그맣게 그렸는데 점점 재미가 붙자 텔레비전에 나오는 장면이나 잡지를 보며 그렸지요. 나중엔 보지 않고도 기억에 있는 걸 그릴 수 있게 됐어요. 한창 재미를 붙였을 때 아침저녁으로 그림만 그려 댔던 적도 있지요.

'나보고 잘 그린다고 야간학교 선생님들도 난리였잖아.'

어버이날 그림 그리기 행사에 나가 상을 받았던 게 두

고두고 봉 여사 가슴에 훈장으로 남았습니다. 많은 사람들 앞에서 상을 받았을 땐 얼마나 가슴이 벅찼던지. 그때의 기억을 떠올리면 아직도 감동으로 짜릿짜릿합니다.

'일단 시작을 하면 완성을 해야 하니 그림만큼 시간 보내기 좋은 것도 없지, 암.'

하지만 구십에 들어서면서 손이 떨리기 시작하자 그림에 점점 흥미가 떨어졌어요. 말끔하게 선 긋는 게 어려워 마음에 들게 그려지지 않았거든요. 그리는 게 뜸해지다가 이제는 아예 멀어지고 말았지요. 요즘은 그림은 거의 잊고 글 쓰는 데 마음이 더 가 있습니다. 어쩌다 가끔, 아주 가끔 심심할 때 그려 보는 정도예요.

책상에 하얀 종이를 펼쳐 놓으니 오랜만이라 설렙니다. 오늘 벗들과 모여 논 일이 머릿속에 출렁출렁 차오릅니다.

'그게 좋겠다.'

그리고 싶은 게 있으면 주저하지 않는 봉 여사. 먼저 연필로 살살 사람들을 그립니다. 가운데 그린 상 위에는 수제비며 부침개, 간장에, 김치까지 세세히 정성을 쏟습니다. 그러다 보니 머릿속 장면이 사진처럼 점점 더 선명해지는군요.

"얼추 다 그렸으니 이제 색을 칠해 볼까나?"

그 자리에 있던 사람들이 저마다 어떤 색 옷을 입었는지 기억을 되짚어 가며 색연필로 꼼꼼하게 칠합니다.

  "와, 그림 정말 재미있다."

  "색깔이 참 고와요. 열심히도 색칠하셨네요."

  칭찬하는 아들과 며느리 목소리가 생생하게 들리는 듯해요. 그럼 더 잘 그리고 싶은 의욕이 퐁퐁 솟아나지요.

  한참 뒤에 마무리한 그림을 들고 이리저리 살펴봅니다.

  "이만하면 됐겠지?"

  하얀 종이에 오늘 하루가 또렷이 새겨졌네요. 제법 잘된 것 같아 흡족해진 봉 여사.

  '늙어도 벗이 있어 함께 노니 참 좋구나.'

반려식물

자기 전에 베란다 문을 닫다가 얼마 전 분갈이해 둔 화분을 유심히 살피는 봉 여사.

"새집이라 낯설지? 그래도 뿌리 잘 내리려무나."

이것도 생명이라 한시도 무심할 수가 없습니다. 늘 지극정성 보살피지요. 그래서 며칠 집 비우고 아들네 갈 때도 이 아이들이 눈에 밟혀 오래 있질 못합니다. 그런 자신에게 며느리가 자주 하는 말이 있습니다.

"어머니는 그린 핑거스세요."

"그게 무슨 소리냐?"

"어머니는 식물을 정말 잘 키운다고요. 식물 잘 키우는 사람을 그린 핑거스라고 불러요."

그런 말을 들으면 분갈이한 화분을 키워 보라 주고 싶은데 며느리는 매번 거절합니다.

"어머니가 키우세요. 저한테 오면 자꾸 죽어요. 저번에 가져간 재스민도 죽어 버렸어요."

자신이 무슨 화분을 주었는지 기억은 안 나지만 죽어

버렸다니 아까운 마음인데요.

"뭐 어려운 게 있다고. 화초야 물 적당히 주고 해 바른 곳에 두면 저절로 자라는 건데."

"어머니처럼 식물을 잘 키우는 사람이 따로 있대요. 전 아닌가 봐요."

봉 여사는 젊어서부터 유독 생명을 키우는 일에 마음이 갔습니다.

"목숨 붙은 건 다 정성이 키우지. 내가 처녀 적엔 말이랑 소도 키워 보고, 어린 돼지도 새끼를 밴 어미로 키워 냈었다."

아파트로 오기 전에는 닭도 열 마리쯤 길렀던 봉 여사예요. 어미가 품지 않아 죽기 직전인 병아리도 자신의 품에 넣어 살려 냈을 정도로 생명을 키우는 데는 늘 진심을 다하지요.

한동안 이사한 아파트에 정을 못 붙여 힘들어 할 때 아들네가 앵무새 한 쌍을 데려왔어요. 그때는 온통 관심이 앵무새에게 쏠려 하루가 어떻게 가는지 모르고 밤낮으로 새만 쳐다보고 살았지요.

"이것도 일이라고 힘에 부치네."

소나 말, 돼지에 비하면 그깟 새 두 마리 돌보는 게 뭔

일일까 싶었는데 나중엔 완전히 녹초가 되고 말았어요. 새장 청소에, 모이 챙기랴, 저들끼리 싸우는 것 말리랴, 꼼짝도 못하고 붙어 있어야 했으니까요.

그러다 한 마리가 비실대자 냉큼 아들네에게 보내 버렸답니다. 죽는 것도, 한 마리만 남는 것도 차마 보기 싫었거든요.

그때 봉 여사는 자신이 늙었다는 걸 느꼈어요.

'뭘 기르는 것도 다 젊어서 할 일인가 보네. 기력이 있어야 하는 법인가 봐.'

새를 길러 보고 싶다고 그토록 노래를 불렀지만 막상 새 두 마리 감당하기도 벅찼던 것입니다. 뭔가를 기르고 돌보는 게 젊을 때와는 한참 다르단 걸 깨달았어요.

'나이가 드니 생기가 떨어져 그런가? 자고로 뭐든 키우려면 젊어서 팔팔할 때 키워야지. 늙으니 그런 능력도 쪼그라드나 보다.'

이제 봉 여사는 자신이 감당할 만한 건 화분에 심은 푸성귀나 화초뿐이라고 여기고 있습니다. 물론 그 식물들 돌보기도 점점 힘들어지고 있지만요.

"이것도 신경이 좀 쓰이는 게 아니지. 분갈이도 제때 해 줘야 하고, 양분도 챙겨 주고, 물도 바람도 다 신경을 써야지. 생명 있는 건 소홀하면 금방 티가 나니."

분갈이하는 것만 해도 화분을 들었다 놨다, 보통 힘에
부치는 게 아니에요.

'그래도 이것들마저 없으면 무엇에 마음을 줄까?'

그 조그만 화분에서도 생명이라고 쉼 없이 푸른 물이
오르고 꽃이 핍니다. 늙은 자신 곁에 있어 주는 생명들이
라 예쁘고 고마워 아직도 붙잡고 있지요.

"아이구야, 내 새끼들. 잘 자거라. 내일도 쑥쑥 자라고."

젊다면 나도

"숙제도 끝냈고, 일기도 썼겠다, 그림까지 다 그렸으니 이제 뭘 한다?"

이제 딱히 할 일이 없으니 잠들기 전까지 긴 저녁 시간을 텔레비전과 마주하고 있어야 할까 봅니다.

리모컨 버튼을 이리저리 누르다 잠깐 뉴스 화면에 멈춥니다. 너무 말이 빨라 이해는 잘 안 가지만 흉악한 짓을 저지른 범인이 잡힌 듯합니다. 경찰에 붙들린 채 고개를 푹 숙이고 있는 장면이 계속 나오는데요.

볼륨을 크게 하고 듣던 봉 여사, 끔찍한 소식에 몸을 부르르 떱니다.

"에고, 사람이 되어 가지고 어째 저럴 수 있는 거야? 짐승만도 못한 짓을 하다니."

사람 해치는 걸 개미 죽이듯 하는 세상이라니, 앞으로 세상이 얼마나 더 험해질까, 한숨이 절로 나옵니다.

"사람 젖을 먹고 커야 사람이 될 텐데. 다들 소젖을 먹고 크니 사람이 안 되는 모양이야. 쯧쯧."

따르릉, 아들입니다.

"어머니, 오늘은 어떻게 하루를 보내셨어요?"

봉 여사는 수제비 먹은 일이며, 화투 쳐서 진 일, 통닭 시켜 먹은 일에, 그 일을 그린 것까지 줄줄 읊습니다.

"와, 그림까지 그리시고. 좋아요."

아들에게 방금 본 뉴스 이야기를 잠깐 꺼내 보는데요. 아들은 뉴스 보면 걱정거리만 쌓이고 힘든 꿈꾼다고 보지 말라 합니다. 그러면서 봉 여사가 좋아하는 방송 채널 번호를 불러 주네요. 세계 여러 나라 곳곳을 찾아가 그곳 자연과 사람들이 사는 풍습을 보여 주는 방송이에요.

봉 여사가 늘 즐겨 보는 방송은 세계 여러 나라나 산과 바다 속 탐험 이야기입니다. 100년 가까이 살아도 모르는 세상이 얼마나 많은지. 그런 방송을 볼 때마다 낯선 곳에 대한 호기심에 반짝반짝 불이 켜집니다.

"어휴, 저긴 어디냐? 멋지네, 멋져."

봉 여사, 뉴스 생각도 잊고 바로 화면으로 빠져듭니다. 젊은이가 가방 하나 짊어지고 여러 나라들을 돌아다니는데요. 젊은이는 그곳 말도 술술 잘하고 낯선 풍습에도 사람들과 잘 어울려 지내는군요. 너무나 부러운 젊음입니다.

'나도 젊었으면 외국 말 배워서 세상천지 다 돌아다닐

텐데.'

봉 여사는 지금이라도 당장 배낭 하나 메고 온 세상을 돌아다니고 싶은 마음이 굴뚝같습니다.

'먹고 자는 건 일로 대신 해 주며 매인 것 없이 어디로든 훌훌 떠나는 거지.'

아, 상상만으로도 마음 가득 흥분이 차오릅니다.

언젠가 운동을 갔던 동네 야산에서 젊은이들이 행글라이더 타는 모습을 본 적이 있는데요. 산 아래로 휙휙 뛰어내린 청년들. 잠시 뒤 바람과 함께 슝 날아올라 멀리멀리 날아갔지요. 그때의 부러움이란!

'하늘 높이 날면서 좌악 펼쳐진 세상을 내려다보면 얼마나 멋질까?'

다른 세계를 향한 호기심, 평생 품어 온 씨앗이에요. 아직도 그 씨앗이 아흔 봉 여사 가슴에 깊이 파묻혀 싹이 트고 싶어 꼬물꼬물.

내일 다시

봉 여사는 일찌감치 불을 끄고 이불 속으로 들어갑니다. 어떻게 보내나 하던 일요일 하루가 벌써 다 흘러갔네요. 그건 한 주를 다 살아 냈으니 다시 새로운 한 주가 기다린다는 뜻이기도 합니다.

깜깜한 방 안에 반듯하게 누워 천장을 바라봅니다. 창밖에서 들어오는 가로등 불빛 때문에 방안이 희끄무레하네요. 잠이 쉽게 올 것 같지 않습니다. 점점 더 정신이 맑아지면서 생각의 타래가 여러 갈래로 풀어져 나옵니다.

'이상도 하지. 요즘 일은 가물거리는데 어찌된 게 어릴 적 기억은 점점 더 또렷해지는 건지.'

어린 날 벗들과 놀던 기억, 외가 제사에 가느라 어머니와 걷던 밤길의 추위, 그날 업힌 어머니 등의 온기, 바깥채에서 들리던 외할머니의 마른 기침소리까지, 80여 년을 건너온 기억이 어제 일마냥 눈앞에 생생히 펼쳐집니다.

이어서 어머니 대신 부엌데기로 살던 고단한 처녀 적도 떠오르네요. 학교도 못 가고 어린 동생 키우며 살림을 도

맡아 하던 자신이 애틋하고 가련해집니다.

'어머니만 일찍 안 돌아가셨어도.'

쓰라린 기억을 끊으려 봉 여사는 휙 돌아눕습니다. 고생했던 옛일이 하나둘 떠오르면 고구마 줄기처럼 다른 기억들이 뒤따라오지요. 애달프고 서러운 기억들. 그러다 나중엔 감당할 수 없이 괴롭고 힘들어집니다.

'고생했던 일들만 싹 잊히면 좋을 텐데……'

처녀 적이 떠오르면 결혼의 기억이 이어지고, 모질었던 시집살이와 두고 떠난 자식이 떠오르지요. 그러면 누군가를 향한 원망이 줄줄이 따라옵니다. 여러 부침 끝에 재혼을 했어도 금세 세상을 떠난 남편과 혼자 힘으로 키워야 했던 어린 남매에 나중엔 손녀까지. 한스럽고 고달팠던 나날들.

'팔자가 궂으니 어려서부터 그리 굽이굽이 고생길만 펼쳐졌지.'

끙, 다시 반대로 돌아눕습니다. 그 바람에 생각의 고리가 뚝, 끊어집니다.

'휴우.'

가슴 속에 가득 차오르는 한숨을 길게 토해 냅니다. 그러자 고생과 고통과 고독으로 버무려진 인생길을 잘도 건너 구십까지 살아왔구나 싶어집니다.

'구십도 괜찮아. 이렇게 잘 살아 있잖아.'

내일은 다시 월요일.

'어떤 일들이 일어날까나?'

어서 자야겠다고 생각하며 눈을 감습니다.

'잠들었다 이대로 영영 못 깨는 건 아닐까?'

잠깐 두려움이 스칩니다.

'딴 생각 말고 어서 자자. 내일 일찍 일어나야 하잖아.'

다시 눈을 꼭 감습니다.

기뻤다 슬펐다 한 세상 살다보면 구름이나
다름없네 정처없이 흐르다가 어디론가 사라지네

도서출판 남해의봄날. 비전북스 28

우리 인생의 모범답안은 정해져 있지 않습니다. 대다수가 선택하고, 원하는 길이라 해서
그곳이 내 삶의 동일한 목적지는 될 수 없습니다. 진정한 자유를 위해 용기 있는 삶을
선택한 이들의 가슴 뛰는 이야기에 독자 여러분을 초대합니다.

구십도 괜찮아

초판 1쇄 펴낸날 2021년 9월 30일

지은이	김유경

편집인	천혜란책임편집, 박소희
마케팅	황지영, 이다석
그림	김충희
디자인	로컬앤드
종이와 인쇄	미래상상

펴낸이	정은영편집인
펴낸곳	남해의봄날
	경상남도 통영시 봉수1길 12, 1층
	전화 055-646-0512
	팩스 055-646-0513
	이메일 books@namhaebomnal.com
	페이스북 /namhaebomnal
	인스타그램 @namhaebomnal
	블로그 blog.naver.com/namhaebomnal

ISBN 979-11-85823-76-8 03810
©김유경, 2021